Milan Dargent

# Soupe à la tête de bouc

Gallimard

Milan Dargent est né en 1960. Il vit à Paris.
*Soupe à la tête de bouc* est son deuxième roman.

*À Nathalie, Orso et Ange*

*Si vous ne croyez pas en vous-même, vous n'irez nulle part.*

BRIAN JONES
*(interview, 1961)*

01

*Everybody on the dance floor*
*You know what I'm talking*
*about ?*
MICK JAGGER/
KEITH RICHARDS
(*Hot Stuff*)

Ce soir, ils ont choisi une forêt de conte de fées. Sombre et mystérieuse, avec des arbres géants dont les branches ressemblent à des tentacules. Le genre de forêt où on a dû réintroduire des loups, et toutes sortes de rapaces. Bon, il est vrai qu'on n'est pas là pour rigoler, on est dans une *free party hardcore*. La dernière fois, en plein milieu de la fête, les flics sont intervenus. Quand la musique a cessé on s'est tous retournés vers la rangée horizontale de lampes torches qui avançait dans la brume nocturne. C'était très western, comme scène. Pendant la progression des forces de l'ordre des centaines de petites pilules d'ecstasy et de buvards d'acide se perdaient dans la boue. Certains imprudents ont avalé cul sec tout ce qui leur restait.

Je suis venu avec Kim, une jeune Danoise que m'a confiée mon petit frère. Kim, c'est sa première rave, il va falloir la pouponner. Tu gobes la moitié de ça et dans une demi-heure tu vas sentir une grande chaleur t'envahir — à ce moment-là, pas de panique, tu te laisses aller et tu danses... C'est un grand plaisir d'initier les petits nouveaux, surtout les filles, surtout les jolies Danoises du genre Kim qui ont à peine vingt ans et une grande soif d'inconnu. Nous, on sait. Nous les purs et durs, les authentiques raveurs. Un demi-ecsta ? Tu rigoles, mon enfant, il m'en faut bien plus si je veux un tant soit peu planer. Nous, on est des tripés de l'enfer. On connaît la musique, on a bourlingué dans des fêtes autrement plus extrêmes que celle-ci — je veux parler des *vraies* raves d'antan, quand on n'était qu'une poignée à se peler le jonc dans des carrières abandonnées et des entrepôts en démolition. Là, on pouvait parler de fêtes. Quand ce n'était pas des *free parties* ça coûtait vingt balles maxi et il y avait nettement moins de branchés et de petits dealers dans les parages.

Si vous aviez connu l'ecsta en ce temps-là ! Directement importé de Belgique. Du M.D.M.A. pur, pas cette daube actuelle coupée à la soude caustique. D'accord, ce soir la fête n'est pas trop mal. On sent que les raveurs présents ne sont pas des blancs-becs. Rien qu'à entendre la musique, il paraît évident qu'on ne va pas passer une soirée bon enfant à se faire des *peace and love* en se regardant avec nos yeux d'extasiés béats. Ce soir ça va faire mal, D.J. Dark est aux commandes. Profites-en bien, ma petite Kim, D.J. Dark est un des rois du hardcore le plus hardcore qui soit. D.J. Dark aurait pu choisir un pseudo plus en rapport avec son idéal mélodique : D.J. Marteau, par exemple, ou D.J. Enclume. KLANG KLANG KLANG KLANG KLANG KLANG KLANG KLANG KLANG KLANG KLANG KLANG KLANG KLANG KLANG KLANG. La techno, comprends bien petite Kim, c'est tout un *Art*... avec ses tendances et sous-tendances, ses écoles et ses disciples. Le hardcore est la tendance la plus radicale, voilà tout, comme le fut le cubisme en son temps ! Il y a de la techno cubiste ? s'étonne Kim. Elle n'a pas compris mon raccourci culturel, j'essaye juste de lui faire comprendre que le hardcore c'est de l'*Art* avec un grand A au même titre que Picasso période cubiste c'était de la peinture avec un grand P. Picasso peignait des profils et on voyait quand même les deux yeux du bonhomme, c'était du hardcore pictural.

Ce qu'il y a de chouette avec Kim, c'est qu'elle ne s'étonne de rien. Les Danois sont conciliants, voilà mon opinion. Oui c'est joli Picasso. Le hardcore ne l'impressionne pas plus que ça, en tant qu'art. Oui c'est joli D.J. Dark ; chez moi en Danemark il existe même musique, c'est super. Kim est danoise donc conciliante et elle connaît déjà le genre de musique à la D.J. Dark. Il va moins falloir l'initier que prévu. Je sens mes joues toutes chaudes on dirait comme de l'herbe, dit-elle. C'est parti ! Kim a la première montée de sa jeune vie de jolie Danoise. Une montée, c'est quand une extraordinaire bouffée de chaleur vous fait comprendre que la drogue commence à faire son effet. La montée est parfois très brusque, il faut s'accrocher à la rampe pour ne pas tomber. Ça fait comme quand on enlève la soupape d'une Cocotte-Minute : PSCHIIIIIIIT. La cocotte c'est le cerveau et la vapeur la pensée. La pensée, donc, devient quelque peu vaporeuse ; elle s'égare, s'embrume. Apparemment, Kim prend ça très bien, on en a vu de plus paniquées. Moi-même, le jour ou j'ai gobé un « deux en un », j'ai flippé. Le deux en un, c'est quoi ? demande Kim à

18

son professeur de drogologie. Eh bien, jeune fille, il s'agit d'une certaine qualité d'ecstasy combinant les effets classiques de l'ecstasy ET ceux de l'acide — le L.S.D., si tu préfères. L'effet de l'ecstasy disparaît à peine que soudain on entend tinter comme des milliers de petites clochettes... Bonjour, c'est moi l'acide ! Je viens prendre le relais de madame ecstasy... Ah ! Bonjour monsieur acide, bienvenue dans ma cervelle à la vapeur !... Kim, dont le visage a pris un aspect de beurre fondu, s'interroge. Je ne comprends pas bien ce que tu veux dire par cervelle à vapeur. À *la* vapeur, Kim, à *la* vapeur. La pauvre petite est déjà raide. C'est curieux, j'ai pris ma dose au moins trois quarts d'heure avant elle et je ne sens pas grand-chose, juste une petite montée en pente douce. Kim s'est transformée en beurre. Son côté scandinave sans doute, un peu viking. Dis-moi, Kim, est-il véridique que les Vikings étaient jaunes et luisants ? En guise de réponse elle se met soudain à trépigner sur place à la manière d'une écolière qui joue à la corde à sauter. Kim a donné le signal, tout le monde redécouvre les joies de la corde à sauter. Ça sautille sec. Super tribal le truc, très chouette. Moi je ne danse pas, je garde mon sang-froid et j'observe. J'observe la musique danser.

La musique danse autour de nous, je la vois qui danse autour de nous, qui passe allégrement d'une personne à l'autre en faisant des petits *ding ding* de clochettes, comme un tout petit lutin. Les gens changent de couleur, ils deviennent bleus, puis rouges, puis bleus, puis verts. Dès que je tourne la tête, je tombe sur le même visage grincheux de petite fille. Toujours le même visage. Et je tourne tout le temps la tête. Et je tourne tout le temps la tête. Et je tourne tout le temps la tête. Toujours la même tête. Et je tourne tout le temps la tête et m'apparaît toujours le même visage de cette même petite grincheuse de petite fille grincheuse tête de petite grincheuse de fille petite *ding ding* grincheuse tête grincheuse de petite ET JE TOURNE tout le temps j'ai la tête qui tourne tout le temps JE TOURNE LA TÊTE et et et S'IL TE PLAÎT KIM NE T'ÉLOIGNE PAS DE MOI JE SUIS RESPONSABLE DE TOI.

Du deux en un ! Impossible de résister à ce machin-là. L'entonnoir est vissé sur votre crâne et personne ne peut délier le milliard de liens de votre camisole. Kim ! Kim Kim Kim je crois qu'on nous a vendu du deux en un ! Je la secoue comme un prunier, il faut qu'elle sache. Elle demande à savoir, du coup... Qu'est-ce que c'est deux en un ? C'est quand l'acide — autrement dit le L.S.D. — prend le relais après que l'effet de l'ecsta s'est dissipé. Kim n'a pas encore vingt ans c'est une amie de mon petit frère j'ai promis que je m'occuperai d'elle pas de panique je suis un raveur pur et dur qui en a vu d'autres dans les raves d'antan qui connaît ses limites question drogue et qui ne va tout de même pas donner de l'acide à une jeune fille quasiment mineure peut-être vierge ce que je demande à vérifier quoique ce ne soit pas vraiment le moment et même si ça l'était j'ai suffisamment à faire en initiant Kim aux drogues psychotropes ah ça croyez-moi pour les galipettes il faudra repasser plus tard je suis mandaté par mon petit frère il m'a dit prends soin d'elle j'ai la responsabilité de cette jeune fille qui à l'heure actuelle est EN PLEIN TRIP ah la pauvre jeune fille ah ces pauvres jeunes gens comme ils ont l'air défoncé tous à danser à danser la danse du scalp j'ai peur que...

La dernière chose à laquelle penser quand on fait un *bad trip*, c'est aux trous noirs. Je sais cela, j'ai une certaine expérience des mauvaises expériences. Ce type en face de moi n'a sans doute jamais été victime de *bad trip*, ou bien c'est un pervers. Toujours est-il qu'il me tanne avec ses putains de trous noirs en agitant dans l'air un méga-joint. Ce putain d'astrologue défoncé jusqu'à la moelle me récite en boucle sa putain de flippante litanie : *le trou noir est une région de l'espace dont le champ de gravitation est si intense que* RIEN, *même pas la lumière, ne peut en sortir* Tu vas la fermer drogué de la lune ? *le trou noir est une région de l'espace dont le champ de gravitation est si intense que* RIEN, *même pas la lumière, ne peut en sortir* Répète-moi ça une troisième fois mec j'ai pas tout compris *les galaxies actives abritent en leur centre un trou noir dit* SUPERMASSIF *dont la masse* PITIÉ ! *atteindrait jusqu'à* CENT MILLIONS *tu m'entends* NON JE T'ENTENDS PAS *cent millions de fois celle du soleil !...* Les raves attirent ce genre de charlatans, des chamans de carnaval branchés en direct sur le cosmos... *C'est dingue, non ?* Oh ça oui, c'est dingue comme j'aimerais être allongé sur mon canapé en train de regarder la télé. *Tu veux tirer ?* Une vieille série genre *Les Brigades du Tigre*, quelque chose d'un peu con. TU VEUX TIRER ? Je vais vomir je crois que j'ai envie de vomir. TU VEUX TIRER SUR MON JOKOS SUPERMASSIF ?

Ici,

*le trou noir.*

C'est le visage de Kim, un peu moins beurré que tout à l'heure, qui me sort de ma torpeur. Alors mon vieux qu'est-ce qui arrive à toi ça fait une heure que tu es assis là ?... Une heure ! Comme les heures sont longues dans un trou noir, j'ai l'impression d'avoir voyagé dans le néant pendant plusieurs vies. Quelle horreur, Kim. Oh non pas quelle horreur je m'amuse beaucoup ici. Kim s'amuse. Kim est gentille. Elle me prend par la main. Viens on va se rafraîchir il faut boire et ça va aller mieux. Elle me prend par la main comme un enfant. Madame je veux rentrer à la maison c'est plein de diables par ici. Incroyable la tête que les gens se payent dans cette fête forestière ! Lutins, diables et farfadets dans une forêt de conte de fées. La fée s'appelle Kim, elle a un très beau cul et elle me tient la main. Il y a des stands là-bas au fond, c'est là qu'elle veut aller... Allez viens fais un effort il faut trouver à boire. Comment vais-je pouvoir me mouvoir jusque là-bas ? Enjamber ces cadavres ? Esquiver les fourches des diables ? Éviter les trous noirs ?... La musique, nouvel obstacle. Tout à coup j'entends de nouveau la musique et je me rappelle l'âpre, la très âpre, l'hyper âpre vérité !... JE SUIS DANS UNE FREE PARTY HARDCORE ! KLANG KLANG KLANG !

D.J. Dark est aux commandes !... Ces farfadets ces lutins ces diables ces cadavres ils
DANSENT parce qu'ils sont CONTENTS d'être
là parce qu'ils AIMENT cette musique cette
musique qui à elle seule provoquerait un
préavis de grève ILLIMITÉE dans n'importe
quelle aciérie car en gros cette musique ressemble à un BOUCAN d'aciérie qu'on aurait
pris soin d'AMPLIFIER afin que chaque
ouvrier puisse en profiter À FOND. La chaleur du gant de velours de ma maman Kim
me fait soudain du bien ; je serre, serre cette
main jusqu'à entendre un réconfortant « aïe ! »
maternel. Kim sait ce qu'elle veut. Bien que
comme toutes les Danoises elle fasse preuve
de tempérance et de sang-froid, quand elle a
soif il *faut* qu'elle boive, dût-elle enjamber
mille cadavres et repousser les assauts d'une
armée de diables lubriques. J'en ai vu plus
d'un qui lui tournait autour. Les amateurs de
techno hardcore n'en sont pas moins hommes. Ils ont repéré les fesses conciliantes de
ma Danoise de maman. Tous les deux pas
nous sommes interrompus par les nouveaux
copains de Kim, incroyable ce qu'elle a pu
faire comme connaissances l'espace d'un trou
noir... Alors la Danoise ça plane à cinq mille ?
Kim, t'as pas un x ? Kim tu veux un x ? Kim
t'as pas un trip ? Kim tu veux un trip ? Hé !

Kim ! (j'ai déjà vu cette tête-là quelque part) tu veux tirer sur mon jokos ?... Il y a même un Kim tu viens danser ? tout à fait charmant dans sa désuétude. Et ma Kim qui distribue les bises et les accolades, tire une taffe par-ci, gobe un truc par-là ! Cool, cette fille. Liante.

Avec tout ça on a fait du chemin, Kim va pouvoir me faire boire sa saloperie d'eau. Les stands sont une pure horreur, on sent que les promoteurs de cette rave ont beaucoup misé sur la déco. C'est plein de grands draps qui pendouillent partout sur lesquels on a peint au pistolet toutes sortes de volutes, d'arabesques, de spirales, ou tout simplement de ronds. Une peinture un peu régressive, je dirais, à moins qu'il s'agisse d'un stock récupéré dans la poubelle d'une école maternelle. La techno en tant que musique ça se défend mais pour le reste attention la pure horreur. Les stands sont tenus par des artistes qui vendent des bijoux, des dessins abstraits, des tee-shirts avec Bouddha dessus et toutes sortes de breloques absolument hideuses. Là encore ça sent la maternelle, les boucles d'oreilles en pâte à modeler et les cendriers en pot de yaourt. Au stand « thés et tisanes » Kim parvient à trouver une bouteille d'eau. Elle boit quelques gorgées puis me tend la bouteille que je lui rends après m'être forcé à avaler quelques gouttes tièdes et fadasses. Jamais une eau ne m'aura paru plus tiède et plus fadasse. En revanche, je note que Kim et moi partageons *le même goulot*, ce que j'interprète comme une marque de sympathie, voire plus, qui sait d'invitation à l'amour, l'amour physique s'entend car Kim m'inspire plus d'amour physique, notamment en raison de son popotin rebondi qui je le répète est fort joli, que d'amour *amour* — quoi qu'elle soit indéniablement charmante mais entre aimer quelqu'un et le trouver charmant il y a un pas de géant que je ne franchirai pas, du moins pas ce soir. Bref, ce soir la copine de mon petit frère est en train de tomber amoureuse de moi alors que primo je suis responsable d'elle, secundo elle a presque vingt ans de moins que moi et tertio il va me falloir la raccompagner en voiture et ensuite si elle insiste la baiser alors que JE SUIS COMPLÈTEMENT RAIDE CAR J'AI ABUSÉ DE SUBSTANCES PSYCHOTROPES FORTEMENT HALLUCINOGÈNES. Ça y est, c'est reparti. Les substances psychotropes fortement hallucinogènes comme ce foutu deux en un que j'ai gobé tout à l'heure ont le don de vous agripper par le paletot au moment où vous vous en croyez enfin débarrassé. L'effet de surprise fait partie du plaisir. Ça va ça vient et quand ça vient on se sent tout drôle. Le visage de Kim se remet à fondre comme du beurre tandis que les stands, là-bas au fond, prennent leur envol. Tout décolle, et moi le premier. Tout plane. Le seul point de repère tangible qui me permet de savoir où je suis, ce sont les deux globes enveloppés de toile denim que Kim fait bouger tour à tour en un mouvement cadencé. Son cul est devenu ma boussole, mon étoile du Berger ; je le suis à la tracc, comme un toutou, percevant parfois quelques bribes de langage humain (ça va ?) venues du fond de l'espace. Ça va le petit chien ? Bien sûr que ça va. Touvabien. Touvabien. Il fait juste un peu chaud. Quelques visages de diables se dessinent peu à peu dans le noir, des visages qui même vus de profil ont deux yeux, ce qui signifie que j'ai atterri sur une planète cubiste. Mes yeux à moi s'évertuent à ne pas perdre de vue les deux globes en peau de denim qui se meuvent à la manière d'un piston... *Tchouuuf... Tchouuuf... Tchouuuf... Tchouuuf...* La cadence accélère, j'entends les tambours qui redoublent de vigueur... Les fesses de Kim s'adaptent sans problème. Elles bougent, elles bougent, à m'en donner le tournis. Fesses. Kim. Fesses de Kim. Accroche-toi. Touvabien. Kim danse devant moi. Nous sommes dans une fête, nous faisons la fête et c'est pour ça que j'ai si chaud. Peut-être est-ce aussi parce que le soleil commence à pointer le bout de son nez. Le soleil chauffe et éclaire en même temps, gratuitement. Le soleil est plus utile aux hommes que les trous noirs. Grâce à lui, je distingue de mieux en mieux les choses et les gens qui m'entourent — je distingue même un peu trop les choses et les gens qui m'entourent. J'y vois trop clair en somme. Je vois l'aube comme je ne l'avais jamais vue. La lumière blafarde de l'aube donne le teint blafard, voilà ce que je constate. Ils sont pâlichons tous ces raveurs. Ils sont tout sales aussi et assez moches. Rien n'est pire que les petits matins sous acide. Rien n'est meilleur. L'imminence de la fin de la rave excite les danseurs et les D.J. choisissent toujours ce moment pour nous balancer de l'*acidcore*.

Un petit goût de citron. Du citron musical. Les raveurs sont friands d'acidcore, il faut les voir se déchaîner, entraînés dans une transe collective. La musique s'est soudain transformée en une série d'arpèges qu'on dirait sortis

34

d'une harpe, une harpe dont les cordes seraient en fer. Les sons s'entrechoquent, se rentrent dedans, puis tout à coup explosent et s'éparpillent comme le bouquet final d'un feu d'artifice, avant de revenir en arrière pour finalement s'agglutiner les uns aux autres et ne plus former qu'un informe magma sonore. Excellent. Typiquement acidcore. Très citronné, on en a la langue tout irritée. Il fait maintenant totalement jour et le spectacle est par conséquent totalement désolant. Un champ de ruines, plein de gravats, de boue, de cadavres vivants. Il y a encore du monde mais beaucoup ne dansent pas et sont assis par petits groupes, à se rouler des joints ou à cuver leur drogue d'un air hébété. J'ai moi-même, à n'en pas douter, un air hébété, si j'en juge par les regards que me lancent certains. Hé oui, messieurs, tel que vous me voyez je reviens d'un trou noir qui s'apparente tout simplement à un *coma*. Je suis un pur et dur, un drogué spatial. N'est-ce pas, Kim ?... Encore le coup du beurre ! On ne s'en lasse pas. C'est une véritable motte de beurre faite femme qui s'adresse à moi en ces termes : Milan tu viens j'ai des copains qui ont de la bonne beuh. Du bon beurre tu veux dire. Non de la beuh. Quelqu'un a sculpté une Danoise en beurre d'Isigny et cette étonnante sculpture sait parler ! C'est pas encore très au point comme procédé, la dame de beurre ne peut dire que beuh beuh beuh mais tout de même quel exploit de faire parler du beurre. Je dis chapeau.

Les copains en question sont tous installés près des enceintes, ce qui risque de ne pas faciliter la conversation. Les copains, de plus, ont tous l'air absolument défoncé, et même arraché comme on dit en langue techno. Cela ne les empêche pas de fumer joint sur joint. Un jeune homme à tête de bagnard, chauve et plein de cicatrices, me tend un pétard à peine entamé : c'est du Charass... J'accepte illico l'offre du bagnard, le Charass a la réputation d'être un des meilleurs haschischs du monde, l'équivalent du caviar pour les accros aux œufs de poisson. Réputation fondée, deux taffes et les effets se font déjà sentir. Ma langue gonfle, gonfle dans ma bouche au point de m'empêcher de respirer. Je suis obligé d'ouvrir constamment le bec afin de permettre à l'air d'entrer. Keith Richards me regarde avec un petit sourire narquois. Keith Richards ? À moins que ce ne soit Jack Palance, l'acteur américain qui a servi de modèle à Phil Defer dans l'album *Lucky Luke et Phil Defer*. Mon oncle Bernard, dit Pinpin, ressemble beaucoup à Jack Palance, et donc à Phil Defer. Quand j'étais petit je croyais que c'était lui et non pas Jack Palance qui avait servi de modèle au Phil Defer de *Lucky Luke et Phil Defer*. Quand j'étais petit je ne savais pas qui était Jack Palance mais j'avais lu tous les Lucky Luke parce que mon oncle Pinpin, précisément, les avait tous. Phil Defer, le cruel chasseur de primes. Il fallait le trouver un nom pareil, l'auteur de Lucky Luke s'était creusé les méninges. Quoi qu'il en soit j'imagine assez mal mon oncle Bernard, dit Pinpin, fumant du Charass dans une rave party hardcore ; quant à Jack Palance, il doit être mort ou quelque chose dans le genre à l'heure qu'il est. C'est donc bien Keith Richards, le guitariste des Rolling Stones (et accessoirement le sosie de Pinpin) qui se tient là, tout à côté de moi. Keith ! Le grand Keith Richards ! Le guitariste des Rolling Stones ! Qui se tient là ! Tout à côté de moi ! Je réalise soudain. Putain le méga-trip d'enfer, me dis-je ! Personne ne voudra jamais me croire... OUAIS JE VOUS JURE J'ÉTAIS PRÈS DE LA SONO AU PETIT MATIN QUAND TOUT À COUP JE ME SUIS DIT TIENS CE TYPE-LÀ ME RAPPELLE QUEL-QU'UN NE SERAIT-CE PAS MON ONCLE

37

PINPIN PAR HASARD AI-JE ALORS PENSÉ
MAIS NON MAIS NON C'EST TOUT SIM-
PLEMENT KEITH RICHARDS LE VÉRITABLE
AUTHENTIQUE GUITARISTE DES ROLLING
STONES !... Véridique, j'y étais. Je sens que je
vais en épater plus d'un quand je vais raconter
ma rencontre miraculeuse avec Keith — je dis
*Kiff* mais quand j'avais treize ou quatorze ans
je me souviens que je prononçais Kette, Kette
Richard, sans *s* à la fin du nom. Aujourd'hui
j'approche de la quarantaine mais j'ai su garder le contact avec les jeunes, j'en veux pour
preuve mon tee-shirt *Mirorball* ultra grunge.
Kim, de même, est un exemple vivant de ce
contact que j'ai su garder avec les jeunes...
Keith Richards est un peu comme moi il faut
croire, toujours jeune malgré son grand âge.
Il traîne dans les free parties hardcore, quel
scoop ! Tous les samedis soir, alors qu'on le
croit aux Bahamas en train de jouer du roc-
kabilly avec ses potes de la jet-set, il étudie les
rythmes tribaux des grands maîtres de l'acidcore, perdu dans une forêt de la grande banlieue parisienne à plus d'une heure du périph.
Voilà donc son secret d'éternelle jouvence !
Quoique, niveau jouvence, j'ai peut-être parlé
trop vite. Jamais vu une tête pareille, on dirait
un vieil arbre, comme si sa peau était en

38

écorce de pin parasol. C'est tout raviné, tout plein de rainures, et en bas, en travers, son sourire fait comme un coup de canif, tchac ! Un sourire tranchant, qui vous agresserait presque au lieu de vous sourire. Kim le connaît. Ça alors. La voilà qui le prend par l'épaule et commence à papoter. Cette Danoise ne cesse pas de m'étonner. Elle connaît Keith Richards et elle n'en fait pas tout un fromage. Moi, je vais emmerder la terre entière avec cette histoire de Keith Richards ! EH LES MECS VOUS NE DEVINEREZ JAMAIS CE QUI M'EST ARRIVÉ L'AUTRE JOUR... Kim et moi on n'est pas pareils. N'étant pas danois je ne possède pas comme elle cette faculté de me faire un copain tous les trois pas. Je suis moins cool. Que peuvent-ils donc se raconter tous les deux ? Elle lui parle peut-être de moi ?... Il faut que je te présente Milan, c'est le frère d'un copain qui est chargé de m'initier. Nice to meet you. Enchanté. Yeah. Ouais. Are you alright ? Yes, j'ai gobé un deux en un et fumé du Charass. Right. J'imagine qu'il en faut un peu plus pour épater Keith Richards, un habitué notoire des trous noirs, bad trips et autres overdoses. Aux dernières nouvelles, il est tout de même censé avoir arrêté la drogue depuis des années, c'est pourquoi je suis étonné de ce que me confie Kim qui est revenue vers moi avec une figure plus jaune que jamais : ce mec est dingue, il a pris de la kétamine... Putain le mec. Carrément. De la kétamine ? lui dis-je, histoire d'être certain d'avoir bien capté le message. Le problème, c'est précisément que je ne capte plus grand-chose. Deuuuu... lââââ... kéééé... tââââ... miiii... neuuuu... Kim fait des phrases toutes molles maintenant, comme si elle parlait avec du beurre dans la bouche. Ma propre voix aussi s'est modifiée, elle me paraît sortie d'une caverne. Je sonne creux. Les effets classiques de l'acide — c'est même pour ça qu'on en prend, de l'acide, pour le plaisir de parler dans des cavernes en mastiquant du beurre. La kétamine, c'est une autre paire de manches. Mon copain Seb qui a eu le malheur d'essayer m'a tout raconté. À l'origine, cette drogue est un anesthésique vétérinaire, le genre de produit qu'on injecte aux hippopotames pour les amadouer. La kétamine procure une sensation de dissociation totale du corps et de l'esprit et des hallucinations qu'on appelle « réelles » tant elles se confondent avec la réalité : par exemple, on s'imagine être une bande jaune ; donc on *est* une bande jaune et c'est en toute confiance qu'on se couche au milieu d'une nationale afin de remplir son rôle de bande jaune. Dix heures de trip minimum. Si on ne sort pas de ça effectivement découpé en bandelettes on a de la chance. Mon copain Seb a eu de la chance, il s'est juste cru mort et après dix heures de décès il a revécu. À bien y réfléchir, Keith Richards n'est peut-être pas Keith Richards. Je veux dire *ce* Keith Richards n'est pas *le* Keith Richards. Guitariste des Rolling Stones et consommateur de kétamine, ça fait trop pour un seul homme. D'un autre côté, Keith Richards a de sacrées ressources. Je connais le mec par cœur. La mémoire opère de drôles de sélections : j'en sais beaucoup sur Keith Richards, beaucoup plus que sur Henri IV par exemple, sans parler de Henri III ou de Henri V si Henri V il y eut. Henri IV je peux simplement dire qu'il mangeait de la poule au pot tous les dimanches, qu'il a épousé la reine Margot et qu'un dénommé Ravaillac l'a trucidé. Voilà. Il y a aussi une histoire de mamelles de la France, mais je ne suis pas sûr de mon coup. Sur Keith Richards je suis bien plus calé alors qu'on ne m'a jamais appris les Rolling Stones à l'école. J'ai appris tout seul, en autodidacte. Écoutez ça, raveurs incultes : le 19 mai 1976, la Bentley de Keith Richards percute la glissière centrale d'une autoroute de la banlieue de Londres. La voiture est endommagée mais aucun de ses occupants n'est blessé (Keith, sa femme Anita et leur fils Marlon). La veille, Keith et les Rolling Stones ont donné un concert à Stafford. Le 22 mai, on les attend à Londres pour une série de six concerts à l'Earls Court Arena. La police fouille le véhicule et trouve diverses substances qu'elle demande à faire analyser. Quelques jours plus tard, Keith sera inculpé pour possession de cocaïne et de L.S.D. Vous avez bien entendu. De la cocaïne et du L.S.D. 1976. Complètement dingue. Keith a prétexté qu'un *roadie* quelconque avait mis la drogue dans sa poche en se trompant de veste. N'importe quoi ! Comme si les *roadies* avaient le droit de confondre leur veste avec celle de Keith !... Non, la vérité, si terrible soit-elle, doit être dite. KEITH RICHARDS PRENAIT ENCORE DU L.S.D. EN 1976 !

Les raveurs s'en foutent. Cause toujours semble me répondre la foule danseuse. 1976 ça n'intéresse personne. C'est aujourd'hui qui compte comme dit Kim, puisque demain on sera mort. Philosophie danoise. La plupart des raveurs ici présents n'étaient même pas nés en 1976. Autant remonter au paléolithique. *Everybody seems to be ready* ?

Voilà que le D.J. lance des messages, comme dans les bals de patronage. On aura tout vu. *Are you ready* ? Il en rajoute une couche, en plus... *We are sorry for the delay... The greatest rock'n'roll band in the world* THE ROLLING STONES ! Je rêve. THE ROLLING STONES !

Je crois que je rêve. Un bus se profile à l'horizon. Pourquoi les Rolling Stones iraient-ils donner un concert à huit heures du matin dans une rave party hardcore ? Et avec ça ils arriveraient EN BUS ? En même temps, ceci expliquerait cela — pas le bus, mais la présence en ces lieux de Keith Richards. Je me retourne vers lui afin de voir s'il est en train de brancher sa guitare. Personne. Keith Richards n'est plus là. Zouip ! Je me retourne et je recule. Je tourne, me retourne et recule. Tout recule, se retourne. Tout tourne tout autour de moi. Recule. Je me sens partir en arrière, tel un papier gras happé par un courant d'air. Exactement la même sensation que celle que j'éprouvais enfant quand la voiture de mes parents roulait sur un dos d'âne. Ça m'aspire. Le vent souffle. Happe les papiers gras. Ça m'entraîne vers l'arrière et tout recule avec moi, tout tourne autour de moi. Tout sauf le bus, qui lui avance et me regarde avec ses gros phares. *TCHHHH* font les portes qui s'ouvrent en se pliant comme le soufflet d'un accordéon.

02

Mercredi 9 juin 1976. Sainte-Foy-lès-Lyon. TCHHHH font les portes qui se referment en se pliant comme le soufflet d'un accordéon. C'est parti mon kiki. Il est dix-neuf heures et dans deux heures je les vois. Nom de Dieu. Je peux à peine y croire. Je n'y crois pas, tellement c'est incroyable. Et pourtant !...

Mercredi 9 juin 1976. Dix-neuf heures et deux minutes. Dans cent dix-huit minutes JE LES VOIS. Il va pas assez vite ce bus, ce putain de 29 de merde !... Hé ! chauffeur ! accélère, sinon on va arriver en retard aux Rolling Stones ! Oui, THE Rolling Stones ! Le plus grand groupe de rock de l'histoire joue ce soir au Palais des Sports de Gerland, à vingt et une heures précises, et tu avances comme un escargot. Quand je pense à tous les arrêts qu'on va devoir se coltiner avant Pont-Kitchener ça me donne des fourmis dans les jambes, j'ai presque envie de descendre et de faire la course avec le bus, je parie que j'arriverai le premier. À Pont-Kitchener, correspondance avec le 96 et zou ! direction Palais des Sports ! Avec un peu de bol, personne ne montera aux arrêts facultatifs et nous irons plus vite... Grouille, mon petit bubusse ! Roule, gentil bus, roule !... La dernière fois qu'ils ont joué à Lyon, j'avais neuf ans, je n'étais pas encore fan. Aujourd'hui j'ai quinze ans, je suis super fan et c'est le plus beau jour de ma vie. En plus, il se murmure ici et là que cette tournée européenne pourrait bien être la dernière... Vous imaginez, mourir sans avoir vu les Rolling Stones ?

Quand je prends le 29 pour aller au collège, c'est-à-dire tous les matins de la semaine, je suis moins pressé. À l'arrêt Debrousse je retrouve souvent mon copain de classe, Contet, et on papote jusqu'à Lyon. De vraies pies. Pas plus tard qu'hier, en l'espace de vingt minutes, nous avons eu le temps de passer en revue des sujets aussi variés que :

1) La vérité sur le nom d'Alice Cooper que nous avons apprise en écoutant Poste Restante, notre émission de radio favorite (Vincent Furnier ! Tu parles d'un nom !).

2) La tournée des Rolling Stones, dont les deux premières dates à Francfort ont été catastrophiques... Keith Richards avait une rage de dents et il est tombé par terre en plein *Jumpin'Jack Flash*. Dur.

3) Les nichons vraiment super chouettes de Laurence, la grande blonde qui est en troisième et qui ne porte jamais de soutien-gorge (on voit toujours les pointes à travers ses tee-shirts).

4) La petite culotte de la nouvelle prof d'allemand, une salope qui fait exprès de faire tomber des craies par terre pour les ramasser juste devant Contet.

5) Le sens de l'expression « branlette espagnole », enfin découvert par Contet après de longues recherches dans ses grimoires. Bien entendu, la vraie question demeure en suspens : est-ce que cette expression fait d'ores et déjà partie du vocabulaire de Laurence, la grande blonde qui est en troisième et qui ne porte jamais de soutien-gorge (on voit toujours les pointes à travers ses tee-shirts) ?

Lorsque Contet n'est pas là et que je fais le voyage tout seul je me laisse bercer en rêvant à ma gloire future. C'est en grande partie dans le 29 que ma gloire s'est construite. Plus le bus avance vers Lyon, plus les foules m'acclament. À chaque arrêt j'ai davantage de fans, et au terminus mes gardes du corps doivent tailler dans le lard pour que je puisse me frayer un chemin à travers l'hystérie collective. Un jour je serai célèbre, je l'ai toujours su. Il y a des choses qu'on sait, comme ça, avec certitude. Je pense que Mick Jagger a toujours su qu'un jour il serait Mick Jagger. Moi, c'est un peu pareil. Le prof de maths peut se foutre de ma gueule parce que je n'ai jamais pu apprendre par cœur ma table de multiplication, la grande Laurence peut me narguer de la pointe de ses gros nichons : un jour je me vengerai. Ils me verront à la télé et ils se diront : « Merde, ce petit con est devenu célèbre ! » J'ai quinze ans,

51

j'ai donc le temps. Mick Jagger avait dix-neuf ans quand il a enregistré son premier quarante-cinq tours. À dix-neuf ans, j'aurai mon premier Goncourt. Je sortirai un triple album live. Je refuserai la Palme d'or à Cannes et le prix Nobel de la paix (rubrique : les coups d'éclat de Milan Dargent). Je boirai des *tequila sunrise* avec Marlon Brando et Jack Nicholson. Je conseillerai au président des États-Unis de mettre la pédale douce, rapport aux ogives nucléaires. Je romprai avec Catherine Deneuve, tromperai Jacqueline Bisset et paierai une pension royale à Faye Dunaway. Mick Jagger m'en voudra à mort pour cette fameuse nuit avec Bianca. Encore quatre ans, patience. Patience, Laurence, dans quatre ans tu me les amèneras sur un plateau, tes nichons, déguisée en Andalouse. Et je n'y toucherai même pas.

Vous auriez vu ma mère, ce matin, quand j'ai débarqué dans la cuisine ! Elle était assise à table, immobile, les yeux rivés à son bol de Ricoré. J'ai ouvert le frigo et j'ai pesté : « Merde alors, y a plus de beurre demi-sel ! » Pas de réponse. « Maman, tu aurais pu racheter du beurre demi-sel. » Tremblante, elle a levé la tête vers moi. « Excuse-moi, chéri, je me suis trompée. J'ai pris du beurre normal. » Ma journée d'avant-concert des Rolling Stones a donc commencé par cinq tartines de beurre doux... Ma mère avait lu les journaux, elle avait vu ces disques aux titres évocateurs, *Their Satanic Majesties Request, Let It Bleed, Beggars Banquet*... Elle avait pu consulter à loisir ma bibliothèque, où la moitié des bouquins traitent de la tragédie d'Altamont, de la mort de Brian Jones, de la bisexualité de Mick Jagger, de la toxicomanie de Keith Richards... J'engloutissais ma cinquième tartine quand

53

elle a lâché le morceau : « Alors, c'est sûr ? Tu y vas ?... » J'ai cessé de mâcher, tout net. « Rien ne pourrait m'empêcher d'y aller, m'man. » La voix de ma mère s'est nouée. « Tu feras attention à toi, dis ? » Je n'ai pas répondu. Ouais, je mesurais le danger. Tu parles si je mesurais le danger. Les femmes. L'alcool. L'héroïne, la cocaïne, l'opium, le L.S.D., le cannabis. En un mot le rock'n'roll. Meredith Hunter, dix-huit ans, est parti voir les Stones au festival d'Altamont, le 6 décembre 1969, et il n'est jamais rentré chez lui ; un Hell's Angel chargé du service d'ordre lui a flanqué un coup de couteau dans le dos. Couic. Ma mère a une peur, celle de voir son fils entrer à son tour dans la légende...

A.F.P.9.06.76 / 23 H 55 / FLASH SPÉCIAL
Drame au concert des Rolling Stones à Lyon : un jeune fan, Milan Dargent, sauvagement assassiné par un « ange de l'enfer ». Mike Jagger, le leader charismatique de l'orchestre, se déclare « consterné ». Les tournées des Rolling Stones sont désormais interdites sur le territoire français, par décision du ministre de l'Intérieur. L'ambassadeur de Grande-Bretagne est rappelé d'urgence à Londres.

Mick Jagger ferait son mea culpa, reconnaissant qu'il n'aurait pas dû payer le service d'ordre avec des caisses de beaujolais. Keith

Richards se montrerait plus fataliste : « Ce qui a dû être triste pour ce pauvre gars c'est de ne pas assister à la fin du show. On a été excellents ce soir-là, il y avait de l'électricité dans l'air. *Sorry, man, see you in hell.* » Les journalistes retraceraient pour la millième fois la terrible épopée du groupe, des personnalités haut placées donneraient leurs avis sur des questions telles que « Mick Jagger est-il le diable ? », « Faut-il interdire les concerts de rock ? » Les fans, eux, exulteraient : la ruine et la désolation feraient toujours partie du paysage stonien. Quant à moi, mon autopsie révélerait que je n'avais pas absorbé de drogues, seulement six Heineken et un merguez frites. Ma famille obtiendrait un million de dollars de dommages et intérêts plus la discographie complète du groupe offerte par Decca Records. Ma photo apparaîtrait dans toutes les futures biographies des Stones, des cinglés me voueraient un culte et chaque année on organiserait un pèlerinage sur ma tombe au Père-Lachaise.

Dimanche dernier ils ont passé *Hot Stuff* à la télé. Je dois avouer que j'ai été déçu, le vidéo-clip ne cassait pas la baraque. Rien à voir avec celui d'*Angie* que j'ai vu il y a deux ans et qui a grandement contribué à me rendre gaga, et flagada, et dingo, et amoureux, et définitivement fan des Rolling Stones... Mick, coiffé d'un chapeau de toile, chantait en déambulant sur une scène nue, dans une salle vide. Des pétales de roses tombaient du ciel. Caressé par les couleurs chaudes des projecteurs, Mick scintillait. Mick Jagger était la lumière même et il m'éblouissait. Les autres musiciens, sapés comme des princes, caressaient leur instrument d'un air un peu absent, yeux mi-clos — comme si, bercés par la mélodie qu'ils jouaient, ils avaient déjà rejoint l'empire des songes. Même en interprétant une ballade nappée d'une bonne dose de miel les Rolling Stones avaient l'air dangereux.

Le concert de ce soir, en vérité, n'est pas tout à fait mon premier concert des Stones. Mon premier concert des Stones a eu lieu le 20 novembre 1975 dans une toute petite salle, le salon, un soir où les parents n'étaient pas là et où on pouvait donc mettre la musique à fond. Je faisais Mick et mon petit frère Raphaël faisait Keith. Pas de Charlie, de Bill et de Ron ce soir-là — juste les *Glimmer Twins*, la quintessence des Rolling Stones. La veille du show, on avait dû casser notre tirelire afin de réunir les fonds nécessaires à l'achat du décor de la tournée... des feuilles de papier crépon de toutes les couleurs, des guirlandes électriques clignotantes et des bâtonnets de feux de Bengale. J'avais inventé un concept scénographique original, baptisé *Cosmic Christmas*. Le public devait avoir l'illusion de vivre un joyeux Noël rock'n'roll — et puis le *Cosmic Christmas Tour*, ça sonnait plutôt

*Angie*, à l'évidence, c'était une petite pause avant de passer aux choses sérieuses... Ces types n'étaient pas comme nous, ils évoluaient dans d'autres sphères que les nôtres, leur monde à eux se situait quelques étages au-dessus de celui dans lequel les minus dans mon genre se débattaient sans relâche pour obtenir ce qu'on appelle une petite place au soleil. Ces types n'étaient pas tout à fait réels, ils étaient *légendaires* ; partout, dans les châteaux et les chaumières, on se racontait la terrible légende des Rolling Stones. J'étais hypnotisé, comme ensorcelé, des frissons me parcouraient le corps en long, en large et en travers. J'aurais volontiers plongé dans la télé pour les rejoindre si une bienheureuse torpeur ne m'en avait empêché. Quel bonheur ! Les Stones jouaient et c'était comme si on m'avait téléporté sur une piste d'autos tamponneuses par un soir de décembre. Les autos cognaient mais je souriais, tout content, une odeur de gaufre et de barbe à papa emplissait mes narines, la vie était pleine de promesses, pleine de femmes vêtues de satin et de guitares électriques transparentes. Tout était là, devant moi, à portée de main.

bien comme nom de tournée. Nous disposions comme il se doit, en tant que meilleur groupe de rock mondial, d'un matos dernier cri. Raphaël s'était fabriqué une guitare Fender Stratocaster en carton, très bien imitée, sur laquelle il avait agrafé six cordes en fil de pêche, et j'avais pu dégoter un pied de micro en enlevant l'abat-jour de la grande lampe de la salle à manger... Quant au micro lui-même, il était plus vrai que nature : un simple pommeau de douche d'où pendait un long tuyau cerclé d'aluminium. Le public en aurait pour son fric, notre répertoire ne comprenait pas moins de trente-trois titres (hors rappels éventuels). Nous allions donner le plus grand concert de tous les temps, un genre de Woodstock-lès-Lyon. Pour les tenues de scène on avait l'embarras du choix, maman n'ayant jamais lésiné sur le budget attribué à sa garde-robe. Raphaël se décida pour un pantalon pattes d'eph Yves Saint Laurent, une veste en velours noir et une écharpe Hermès qui ressemblait vaguement au keffieh palestinien que Keith arbore sur de nombreuses photos. J'optai pour un chemisier jaune canari Sonia Rykiel négligemment ouvert sur un tee-shirt à l'effigie de Marilyn Monroe, un jean aux revers retroussés et des baskets blanches —

comme Mick lors du concert de lancement de la dernière tournée américaine, donné sur la plate-forme d'un camion dans les rues de New York. Quel chic ! Le plus marrant fut la séance de maquillage. Raphaël se contenta de souligner son regard *killer* d'une bonne couche de Rimmel, tandis que j'en rajoutai franchement dans le côté androgyne cultivé par Mick ces derniers temps à grand renfort de paillettes et de fond de teint. À dix-sept heures, tout était prêt. De notre loge, on entendait le public s'impatienter... *We want Stones !*... *We want Stones !*... J'avais un sacré trac. On jouait notre va-tout avec ce concert. On ne s'était pas produit en France depuis 1970, le monde avait tourné depuis ce temps-là, la musique avait changé, les Osmonds, les Rubettes et les Wings infestaient les hit-parades. Ce come-back dans une si petite salle vide pouvait virer au bide, d'autant que pour la première fois nous allions jouer intégralement en play-back. Raphaël, qui devinait mon angoisse, empoigna subitement sa gratte et jeta : « *Let's go !* » D'un coup de pied il ouvrit la porte du salon et nous nous précipitâmes dans l'arène. Le salon était plongé dans le noir, tous rideaux baissés. Silence glacial. Vite, un disque ! Je posai *Bedspring Symphony* sur la platine, notre meilleur live pirate, et le salon fut soudain envahi par l'énorme clameur du public (j'avais mis le volume au maximum)... Raphaël eut tout juste le temps d'allumer le light-show avant que ne retentissent les accords de *Gimme Shelter*, morceau choisi pour l'ouverture du concert. Une puissante lumière jaune, due au papier crépon placé devant une rangée d'ampoules nues, nous empêchait de distinguer le visage de nos fans. *Mesdames et messieurs, voici mainnntenant... Raphaël Richards et Milan Jagger ! Les RRROLLING... STOOOO- NES !...* Agrippé au pied de lampe comme à une bouée de sauvetage, j'éructais : « *Rape ! Murder ! It's just a shot away !...* » À ma droite, recroquevillé sur son instrument, le roi du *riff* faisait la pompe comme aux plus grands jours. « *If I don't get some shelter... Lord ! I'm gonna fade away !* » Au beau milieu du morceau l'invisible Mick Taylor s'embarqua dans un solo lumineux, soutenu par une section rythmique implacable, et c'est à cet instant précis que j'ai compris que nous avions encore gagné : le plus grand groupe de rock'n'roll du monde n'était pas près de céder la place. Je me sentais des ailes, j'étais le meilleur showman que la terre ait jamais porté, capable d'emmener les foules vers des sommets où elles n'auraient jamais cru pouvoir accéder. Ça planait sérieux. Et le public, ce cher public, qu'est-ce qu'il pensait de tout cela ?... DO YOU FEEL ALRIGHT ?... OUAIIIIIIS ! criait Raphaël... **DO YOU FEEL ALRIGHT ?...** **OUAIIIIIIS** ! hurlait Raphaël !... Quelle ambiance ! Les trois premiers titres s'enchaînèrent à la perfection, sans un temps mort — qu'il s'agisse des trois premiers titres de *Bedspring Symphony* facilitait les choses, soyons juste. Le quatrième, en revanche, démarra sur un tempo nettement trop lent car j'avais oublié de changer la vitesse de lecture en posant le quarante-cinq tours *Honky Tonk Women* sur le tourne-disque. Plusieurs fois, le papier crépon brûla et Keith dut interrompre le grattage des cordes de sa guitare en carton pour le remplacer. Ces petits incidents nous furent pardonnés, après tout c'était la première d'un *Cosmic Christmas Tour* qui allait parcourir le monde entier ! Keith n'était pas à court d'idées pour pimenter le spectacle : il décida de monter sur le rebord de la fenêtre afin de jaillir de derrière les rideaux pendant le riff d'intro de *Star Star*. C'était super, mais on avait un peu de mal à synchroniser notre action : soit notre guitar hero s'élançait en jouant de la guitare dans les airs sans qu'aucun son ne parvienne à nos oreilles, soit il sautait en retard, alors que j'avais déjà commencé à chanter. Les disc-jockeys m'épatent : c'est pas si simple de poser un diamant pile sur le bon sillon, surtout dans la pénombre. *My Obsession* suivait *Star Star* (les fans s'embrassaient : « T'as vu ça ? ! Je peux pas le croire, ils jouent MY OBSESSION ! ») et c'est pendant ce titre que Keith, qui décidément commençait à se mêler un peu trop du domaine réservé de Mick Jagger, à savoir les effets spéciaux, entreprit d'allumer les guirlandes électriques que je voulais garder pour le crescendo final. Il avait vingt chansons d'avance sur le programme mais visiblement ce vieux camé commençait à montrer des signes de faiblesse, poussant la négligence jusqu'à prétexter une subite envie de pisser pour s'absenter durant cinq bonnes minutes. Son morceau de bravoure, *Happy*, fut une véritable singerie : sans même se donner la peine de jouer de la guitare il imita mon jeu de scène de manière caricaturale, avec force déhanchements et moues lippues. Le papier crépon cramait à qui mieux mieux et la salle, de plus en plus éclairée, ressemblait de plus en plus au salon où nos parents recevaient leurs amis en écoutant de la flûte de Pan ou des Leonard Cohen de derrière les fagots. Keith se ressaisit sur *Midnight Rambler*, sa chanson favorite, décrétant tout de go que nous la jouions en rappel, ce qui lui permit d'allumer enfin les feux de Bengale qu'il rêvait de voir crépiter depuis *Gimme Shelter*. Je fus contraint de terminer le concert en solo. Dix-huit morceaux ! Pendant *Lady Jane* j'avoue que le doute s'est emparé de moi, je me suis senti un peu con à pousser ma bluette tout seul, maquillé comme une cocotte et habillé comme l'as de pique — mais un professionnel comme moi savait prendre ses responsabilités : écourter le show pouvait aboutir à un nouvel Altamont. Il n'y a pas eu de rappel ; ma mère, rentrée plus tôt que prévu, interrompit brutalement la fête en faisant irruption dans la pièce. J'étais torse nu, en nage, crachant *Satisfaction* dans mon pommeau de douche, quand les autorités décrétèrent qu'il était l'heure de baisser le son et de faire mes devoirs. *Goodbye Sainte-Foy-lès-Lyon ! We gotta go ! We gotta go ! See you next year !...*

Quelques grands-mères descendent à Léon-Favre, une baguette sous le bras. Je les regarde par la fenêtre. Elles sont allées s'approvisionner à Sainte-Foy, rue du Vingtain, et maintenant elles rentrent à la maison préparer le dîner. Je les regarde et je me dis que la vie est pleine de contrastes. Les uns se vautreront devant le dernier Maigret pendant que les autres s'éclateront avec les Rolling Stones. Ce soir, nous serons douze mille au Palais des Sports, une goutte d'eau par rapport au nombre de spectateurs collés devant le dernier Maigret. Chacun son truc. Moi, quand j'arrive à la boulangerie avec mon badge en forme de bouche qui tire la langue, la boulangère sent tout de suite qu'on n'est pas du même monde, elle me file mon pain et on n'en parle plus. Mick Jagger a cette chance : il n'achète jamais de pain. Sa femme ne lui dit jamais « Mick, pense à prendre du pain en rentrant. » À l'heure où il rentre les boulangeries sont fermées. Pourtant Mick Jagger est un homme très simple. Un homme comme vous et moi, après tout, juste un peu plus connu. Je connais un type qui connaît quelqu'un qui l'a vu manger une salade dans un petit routier. Il était tout seul, tranquille, devant une salade verte et une demi-bouteille d'Evian. Tel quel. Le grand Mick Jagger, la star des stars du rock'n'roll, croquant sa scarole parmi les humbles. J'aurais bien aimé être là. J'aurais pu lui poser les vraies questions, celles que ne lui posent pas les journalistes et qui me brûlent les lèvres depuis toujours... « Dites-moi, Mick, entre nous : pourquoi la chanson *I Don't Know Why*, enregistrée durant les sessions de *Let It Bleed*, ne figure pas sur l'album *Let It Bleed* ? » J'imagine Mick, avalant une gorgée d'Evian avec un gros GLOUP. Connaissant d'avance sa réponse je ne lui aurais pas laissé le temps d'ouvrir le bec : « Pas de place ? ! Il suffisait d'enlever *Country Honk*, qui je le rappelle n'est rien d'autre qu'une version country de *Honky Tonk Women*, et de la caser en face B du quarante-cinq tours *Honky Tonk Women* ! L'affaire était dans le sac ! » Hochement de tête de la star des stars du rock'n'roll : « Pas mal. Ainsi, nous sortions coup sur coup un trente-trois tours génial et un quarante-cinq tours parfait. Laisse-moi ton téléphone, kid, il se pourrait que j'aie besoin de petits gars dans ton genre... »

Je n'ai peut-être pas beaucoup de culture mais question Rolling Stones je m'y connais. On pourrait lancer un jeu dans le bus. *Y a-t-il quelqu'un dans ce bus qui puisse me réciter dans l'ordre les dix-huit chansons d*'Exile On Main Street ? Moi-même je ne me souviens plus très bien. *Torn And Frayed* vient-elle avant ou après *Sweet Black Angel* ? Je dirais avant, mais je n'en donnerais pas ma main à couper. Des fois je m'embrouille dans toutes ces histoires de Stones. Il faut se souvenir de tellement de choses ! C'est étrange mais je n'ai jamais eu aucune mémoire sauf en ce qui concerne le rock'n'roll. La physique et la chimie ça m'entre par une oreille et ça ressort par l'autre. Au sein de ma propre famille je ne saurais vous dire qui est le cousin de qui. D'ailleurs, les cousins issus de germains et les grands-oncles je ne me rappelle jamais où ils se situent par rapport à mes parents. L'autre jour, j'ai demandé à un copain des nouvelles de Nestor, son setter irlandais, alors qu'il m'avait dit un mois auparavant que le pauvre Nestor était mort en se faisant écraser par un camion-citerne. J'avais oublié. Je suis une sorte d'amnésique, mon cerveau doit avoir l'aspect d'un gruyère. J'ai par exemple un mal fou à me souvenir des douze premières années de ma vie. Dieu merci, à douze ans les Rolling Stones sont arrivés pour aussitôt me servir de points de repère, de balises dans mon brouillard intime. Je pouvais apprendre à compter et à me souvenir, une chronologie de mon existence se mettait progressivement en place. Automne 1973 : début de ma vie : je demande à ma mère d'acheter *Angie* que j'ai entendu à la radio. La pochette de ce disque m'initie à la merveilleuse esthétique stonienne : un visage de femme dont les yeux sont des mamelons et le nombril une bouche. Un mois plus tard, je vais à la Fnac acheter mon premier trente-trois tours, *Between The Buttons*, disque que j'avais vu traîner au foyer du collège. Été 1974 : en vacances à Asperjoc-Le-Raccourci (Ardèche), j'entends la nouvelle chanson des Stones *It's Only Rock'n'Roll* à la radio. C'est durant ces vacances que j'ai aperçu le chanteur Jean Ferrat acheter un sachet de riz Taureau Ailé

dans une épicerie, ce qui m'a amené à penser
que le chanteur Jean Ferrat est un peu radin
car ma grand-mère m'a toujours recommandé
de ne pas acheter du riz Taureau Ailé mais du
riz Oncle Ben's, plus cher certes, mais meilleur.
Jean Ferrat n'aurait pas pu être un Rolling
Stone, non pas en raison de sa pingrerie mais
parce que son look aurait détonné dans le
groupe. Surtout la moustache. On voit mal
Jean Ferrat chanter des trucs comme « *Yes I
heard about your Polaroid's / That's what I
call obscene / Your tricks with fruits was kinda
cute / I bet your keep your pussy clean !* » De
même, *Les Rolling Stones chantent Aragon*,
ça aurait fait un bide... Avril 1976 : des dizai-
nes d'exemplaires de l'album *Black And Blue*
sont mis en devanture de la vitrine de la Fnac.
Bientôt, l'affiche du *Tour of Europe 76* appa-
raîtra sur les murs de la ville, représentant les
Stones en chemises hawaïennes courant au
pied d'une montagne... Et ce soir, 9 juin 1976,
le *Tour of Europe* fait escale à Lyon, et c'est
le plus beau jour de ma vie. Voilà une date que
je ne suis pas près d'oublier.

Seul dans sa chambre. C'est là qu'on savoure le mieux les Rolling Stones. On retire la galette de vinyle noir de sa pochette en carton et on la pose avec délicatesse sur le pick-up. Ça crépite comme un feu de sarments, puis paf ! Keith, Charlie et Bill entrent dans la danse. Ensuite, la voix rageuse de Mick vient nous raconter ses sornettes. Ô magie ! La musique prend possession de l'espace, elle tapisse les murs, recouvre le sol, ferme les rideaux et remplit la bibliothèque. Je ferme les yeux. Je suis dans le sous-sol humide d'une villa somptueuse de Saint-Jean-Cap-Ferrat, sur la *French Riviera*, implorant dans le micro : *Give me little drink ! from your loving cup !*... Les joints circulent, les bouteilles traînent, des nanas vêtues de satin et coiffées de grands chapeaux de feutre remuent les hanches en rythme. La section de cuivres carbure à plein régime, Keith décoche ses riffs comme autant de flèches empoisonnées, Charlie et Bill suent à grande eau. Nous nous envolons. Sainte-Foy-lès-Lyon paraît si minus vu des nuages ! Le jet nous emmène en Californie où nous devons mixer notre premier double album, *Exile On Main Street...* Les doubles albums, j'adore, ils vous tiennent deux fois plus compagnie. On met des heures à lire la pochette, car les pochettes de doubles albums s'ouvrent comme des livres — des livres fleuves, des gros pavés bourrés de photos et de gadgets... Les Who sont les maîtres incontestés du genre, ils ont déjà produit deux doubles albums, et pas des moindres : *Tommy* et *Quadrophenia*. Rien que ça. Un peu comme si Michel-Ange avait peint la chapelle Sixtine *et* les grottes de Lascaux. Très forts, ces Who, niveau doubles albums je dois convenir qu'ils ont une longueur d'avance sur les Rolling Stones. Soyons juste. Les Stones ne peuvent pas être les meilleurs partout. Certains prétendent que le format simple — deux faces de vingt minutes — est celui qui convient le mieux au rock'n'roll. Il y en a même qui ne jurent que par le quarante-cinq tours. Je m'inscris en faux. Il n'y a rien à jeter dans *Exile On Main Street*, même si après le dernier morceau de la face quatre on est légèrement épuisé. On quitte sa chambre tout sonné. Il y a comme un effet *Jet lag*, on ne reconnaît même plus les

Rolling Stones autour de la table de la cuisine et on a du mal à tenir sa cuillère de purée sans trembler. « Alors l'école, ça s'améliore ? » dit Bill. « Bof, je réponds, j'ai encore eu un zéro en maths. Et un deux en chimie. » « Ça ne te suffit pas d'avoir redoublé, tu veux la tripler ta troisième ? » ironise Charlie. La rage au ventre, je bondis et balance ma cuillère pleine de purée contre le mur : « VOUS ME FAITES TOUS CHIER ! » Keith n'apprécie pas : « MILAN TU VAS ME FAIRE LE PLAISIR DE RAMASSER CETTE CUILLÈRE. » « J'EN VEUX PLUS DE CETTE PURÉE DE MERDE ! » Et c'est reparti, Mick se met à pleurnicher : « Après tout le mal qu'on s'est donné pour lui, voilà le remerciement ! » Keith serre les poings. « J'en ai marre ! mais j'en ai marre ! de ce gosse qui nous fait tout le temps la gueule et passe le plus clair de son temps enfermé dans sa chambre ! » Je claque la porte : « Justement ! J'y retourne dans ma chambre, comme ça je vous emmerderai plus ! » J'ajoute : « Vieux cons ! », mais au moment où je suis certain qu'on ne peut plus m'entendre de la cuisine... Parfois, même les Rolling Stones ne vous sont d'aucun secours. Seul dans sa chambre et seul avec soi, c'est là qu'on est le mieux en définitive.

Des fans montent dans le bus. Je les reconnais à leur allure de *desperados*. Il y a ce parfum de sexe, de mort et de magie noire qui flotte autour d'eux. Est-ce qu'ils m'ont remarqué ? Est-ce qu'ils ont vu mon badge en forme de langue ? Des fois je me pose des questions. Je me demande si on voit bien que je suis un fan des Stones. J'ai peur qu'on me confonde avec un spectateur de Maigret. Peut-on être spectateur de Maigret *et* fan des Stones ? Fan de Mick Jagger *et* de Jean Richard ? Dur à dire. Des fois je me pose des questions sans jamais parvenir à trouver une réponse satisfaisante. Par exemple : quel est le meilleur album des Stones ? Ah ! Ah ! Croyez bien que j'ai retourné cette question dans tous les sens, mais jamais je n'ai pu trouver un accord définitif avec moi-même. Aujourd'hui, du fond du bus, j'ai décidé de trancher une fois pour toutes, et je l'affirme haut et fort :

« LE MEILLEUR ALBUM DES STONES N'EST AUTRE QUE *BLACK AND BLUE* ! » L'assistance est médusée. J'ai produit mon effet. Les passagers du 29 s'indignent, chacun y va de son Stones fétiche et je constate que *Black And Blue* est loin d'être apprécié à sa juste valeur. Une petite blonde extrêmement mignonne se retourne vers moi : « Moi, je préfère *Between The Buttons*. » Merde ! moi aussi je préfère *Between The Buttons* ! ne serait-ce qu'en tant que premier trente-trois tours du monde que j'ai acheté. Rectifions : « Juste après, bien sûr, il y a *Between The Buttons...* » La petite blonde ne m'écoute plus, elle s'en est retournée à son occupation favorite, à savoir adhérer comme une étiquette à son fiancé, un beau ténébreux qui a un tee-shirt *Tour of the Americas 1975*, celui avec l'aigle en acier qui se pose dans le désert.

L'été 1975 marque un tournant dans l'histoire de mes vacances. En effet, en août 1975 je pars à jamais en tournée américaine avec les Rolling Stones. *L'Express* consacre sa une à l'événement, avec ce titre : « Mick Jagger, ange et démon. » J'achète trois exemplaires du journal *Best* afin de découper toutes les photos du groupe sur scène. Mick en kimono, Mick en pyjama, Mick en débardeur... Et ce nouveau guitariste, Ron Wood, il a l'air super comme mec. Charlie Watts s'est rasé la tête, quant à Keith Richards, plus menaçant que jamais, il a fait graver un couteau de pirate et une tête de mort sur une de ses guitares... Quelle tournée, mes amis ! Mon meilleur *American Tour* de tous les temps. Départ : Baton Rouge, La Nouvelle-Orléans. On a même prévu de jouer en Amérique latine, à Mexico, à Caracas ! Les cinq dates au Madison Square Garden de New York restent un de mes grands souvenirs. C'est durant cette tournée qu'un phallus gonflable de trois mètres de haut jaillit d'une trappe pendant la chanson *Star Star*. Ouh là là le scandale ! Génial ! Je m'adresse à vous, estivants de l'été 75, interrompez votre bronzage et écoutez-moi ! Sachez que les Rolling Stones sont plus que jamais des insoumis ! Ils emmerdent les cons ! La bonne société ! Les bourgeois ! Les politicards ! Les curés ! Les fascistes ! Les vieux schnocks genre Giscard ! Et cætera ! PLOUF !... À chaque fois que je plonge dans l'eau je suis Mick Jagger en plein rappel, faisant des bulles sur la mélodie de *Jumpin' Jack Flash*. Les poissons ébahis m'applaudissent à pleins ailerons. ♪ ♫ ♫ I'm jumpin' glou glou ♫ it's a glou glou glou ! ♫ ♪ Avec moi la poiscaille ! Yeah ! *Come on* ! Attendez-moi deux secondes, je reprends mon souffle et je reviens pour un dernier rappel... PLOUF !... Si Sandrine Pierragi avait pu me voir donnant ce spectacle nautique elle aurait laissé tomber son ringard de fan de Deep Purple et m'aurait à nouveau ouvert ses bras... Elle cessera peut-être de me snober quand elle s'apercevra que je suis une star internationale, un sex-symbol, un *performer* unanimement reconnu par les pontes du showbiz, couvert de gloire et de petites pépées. Y en a-t-il beaucoup qui ont tourné dans *Performance*, *Cocksucker Blues* et *Gimme Shelter*, les trois meilleurs films rock de l'histoire ? Et j'oubliais *One + One*, un peu chiant mais dirigé par Jean-Luc Godard lui-même ! Y en a-t-il beaucoup qui ont fait pleurer toute la planète avec des ballades super romantiques comme *Angie* et fait swinguer la même planète avec des *Satisfaction* et autres *Paint It Black* ? Hein ? Dites-le moi ? Non mais alors. Tu te prends pour qui, Sandrine Pierragi ? Souviens-toi du temps où tu m'aimais d'amour fou, quand tu pensais à moi à chaque fois que les Stones passaient à la radio. Tu collais ton oreille au transistor pour que ton Milan chéri te crachouille des « Ou ! Ou ! Bèbè youa foule toucouaille... Ou ! Ou !... (ad lib) »

Sandrine Pierragi écoute sans arrêt la radio. Sandrine Pierragi est ce qu'on peut appeler une accro du Hit-Parade. Toute la journée, entre deux mâchouillis de chewing-gum, vous l'entendez siffloter les derniers tubes à la mode, son grand classique demeurant *L'Été indien* qu'elle semble avoir perpétuellement au bout des lèvres, tout prêt à être encore une fois sifloté. Elle connaît le classement dans le détail, elle peut vous dire que Daniel Guichard a perdu trois places au profit de C. Jérôme lundi dernier, mais qu'il est remonté d'un cran mercredi. Suspense, donc, pour le classement du vendredi soir. *Fool To Cry* est bien placé en ce moment, numéro trois. Sandrine Pierragi aime bien *Fool To Cry*, ça nous fait un point commun. Tout le monde aime bien *Fool To Cry*, il faut croire, car on diffuse cette chanson non-stop sur les ondes. Je suis tout fier quand j'entends les Rolling Stones à la radio. C'est *mon* groupe qui passe. *Mes* Rolling Stones. Les gens peuvent me regarder avec respect, ce groupe qui est numéro trois au Hit-Parade je le connais sur le bout des ongles ! Qu'ils m'interrogent s'ils ont des questions... « Là-bas, tu vois, c'est Milan Dargent, le mec qui est un spécialiste du groupe qui fait *Fool To Cry*. » « *Fool To Cry* ? Ouais, un bon petit slow mais dans le genre vous savez les Stones ont fait mieux — essayez *Let It Loose* sur *Exile On Main Street*, vous m'en direz des nouvelles... » Il y a un monde entre la musique des Rolling Stones et la musique du Hit-Parade. Même *Fool To Cry*, ça paraît venir direct de Mars à côté de *Allo Papa Tango Charlie* qu'on se tape environ mille fois par jour à la radio. Mort Shuman, dans le genre, ce n'est pourtant pas ce qu'on fait de pire, le pire c'est sans doute *La Ballade des gens heureux* qu'on dirait écrite exprès pour vous flanquer le cafard. Et encore, la radio nous épargne le visage halluciné de Gérard Lenorman, comme elle nous épargne les chorégraphies du Big Bazar, la troupe sympa de Michel Fugain dont la philosophie sympa est résumée avec beaucoup d'à-propos dans la chanson *Fais comme l'oiseau* : « Fais comme l'oiseau, ça vit d'air pur et d'eau fraîche un oiseau. » Sandrine Pierragi, par parenthèse, sifflote beaucoup *Fais comme l'oiseau*, ça doit être son deuxième morceau préféré après *L'Été indien*.

Je parle de Sandrine Pierragi comme si de rien n'était. Comme s'il restait encore un espoir. Comme si son ringard de fiancé fan de Deep Purple s'était transformé en fan des Stones — en moi par exemple. Comme si ce maudit samedi après-midi n'avait jamais eu lieu. Ce maudit samedi après-midi se présentait pourtant sous les meilleurs auspices : Sandrine Pierragi avait accepté de passer l'après-midi chez moi. J'allais enfin *sortir avec elle*, une de ses copines m'ayant confié qu'elle avait « super envie de sortir avec moi. » Elle est arrivée à deux heures — en minijupe — et après une petite bise a tout de suite demandé à voir ma chambre. Tel quel. Sandrine Pierragi se pointe chez moi en minijupe et ses premiers mots sont : « Tu me fais voir ta chambre ? » Ça s'annonçait bien. Elle trouvait ma chambre extra, très chouette. J'avais fait des efforts, ma mère aurait été contente de trouver une chambre si bien rangée. Les rideaux étaient fermés, de l'encens au patchouli parfumait la pièce, *Wish You Were Here* des Pink Floyd attendait sur le tourne-disque — j'aurais préféré *Sticky Fingers* des Stones mais j'avais peur que Sandrine Pierragi ne se mette à jouer avec la pochette* pour me donner un signal que j'aurais été bien en mal d'interpréter. Autant l'avouer tout de suite, je suis un peu timide avec les filles. Sortir avec une fille, soyons clair, ça signifie l'embrasser, et l'embrasser, soyons clair, ça signifie lui rouler un patin et des patins, eh bien, je n'en ai encore jamais roulé ! Que faire de toute cette salive ? Telle est la question qui me turlupine et que j'espérais bien résoudre une fois pour toutes ce maudit samedi après-midi. La seule fille que j'aie jamais embrassée c'est

* Un jean muni d'une véritable braguette. Quand on tire sur le zip apparaît un slip blanc signé Andy Warhol. La classe.

81

Véro, il y a deux ans, mais elle n'a pas ouvert la bouche ; elle s'est laissé lécher les lèvres pendant dix minutes et n'a jamais voulu décroiser ses foutus bras qui bloquaient tout accès à sa poitrine... Sandrine Pierragi, outre la minijupe, portait une chemise qu'elle n'avait pas boutonnée jusqu'en haut. Soutien-gorge en dentelle, noir. Nom de Dieu. Tout se passait comme dans mes masturbations les plus ardentes, sauf que là mon cœur battait trop fort, que ma voix chevrotait et que mes mouvements avaient la décontraction de ceux d'un robot. Après avoir examiné ma collection de posters des Stones, Sandrine Pierragi s'est assise sur le lit et a allumé une Royale menthol. Je la regardais faire, muet, immobile, hagard. Ses doigts aux ongles peints tapotaient sur le bois du sommier. *Tap Tap Tap*. « Viens plus près » me dit une voix inconnue, étonnamment rauque. Une autre voix, blanche et mécanique, tout aussi inconnue, répondit : « Attends. Je vais aller. Te chercher. Un cendrier. » Le robot se mit en route et apporta un cendrier. « Merci », dit Sandrine Pierragi en crachant la fumée sur mon visage. Le robot fit grincer ses articulations en ferraille et posa sa fesse gauche sur le rebord du lit, menaçant de tomber à la moindre secousse. Un bon mètre nous séparait l'un de l'autre. Le mélange patchouli-menthol me donnait mal au crâne, ainsi que les mélopées quelque peu soporifiques du Flamant Rose. *Tap Tap Tap*. Tiens, je n'avais jamais remarqué que ce dessus-de-lit ressemblait à un champ parsemé de coquelicots. Vert avec des petites taches rouges. « Il est joli, ce dessus-de-lit » dit Sandrine Pierragi après de longues minutes de silence. Afin de marquer mon approbation je me suis mis à fixer du regard le champ de coquelicots que j'avais l'impression de contempler du hublot d'un avion tant soudain il nous séparait comme un gouffre sans fond. J'en avais le vertige. Il était si joli ce dessus-de-lit qu'il m'hypnotisait carrément. Sandrine Pierragi, qui, elle, avait les yeux rivés sur moi, a commencé à siffloter *Fais comme l'oiseau*. Dans les livres de S.A.S. c'était plus facile. *Elle approcha de lui et posa une main experte sur la bosse proéminente de son pantalon. Sans qu'il eût le temps de comprendre ce qui se passait il ne vit plus qu'une chevelure brune posée entre ses jambes et il sentit qu'elle l'aspirait.* Tout à coup, Sandrine Pierragi s'est mise à bouger. Le lit aussi, en couinant. J'ai fermé les yeux et fait mentalement un signe de croix. *Ses lèvres charnues allaient et venaient sur son sexe dressé, l'amenant inexorablement au plaisir.* « T'as pas *Fool To Cry* ? » J'ai ouvert les yeux. Sandrine Pierragi, penchée sur ma discothèque, brandissait la pochette de *Sticky Fingers*. Si, j'ai. J'ai mais là, tu vois, il faudrait un treuil pour me faire bouger du lit. Elle reposa *Sticky Fingers* et entreprit d'avancer dans ma direction. Sandrine Pierragi, sa minijupe et sa chemise déboutonnée avançaient vers moi. *Elle avala goulûment le flot qui jaillit à jet continu au fond de sa gorge.* Peut-être que quelqu'un, tout là-haut dans les nuages, nous téléguide à notre insu : d'un bond, je me suis levé. Tout est allé très vite. Vroum ! Comme deux trains qui se croisent à pleine vitesse... En un rien de temps Sandrine Pierragi et moi nous sommes retrouvés à l'opposé l'un de l'autre, chacun d'un côté de la pièce, elle assise sur le lit et moi penché sur ma discothèque. Dans le feu de l'action, j'avais frôlé son bras gauche. *Dans le feu de l'action, il frôla son bras gauche.* Je lui tournais maintenant le dos, fouinant dans les trente-trois tours. Je prenais mon temps car de toute évidence la rougeur qui colorait mes joues ne disparaîtrait pas en deux minutes. Mick Jagger ne doit pas souvent connaître ce genre de situation, ai-je pensé avant de poser

*Black And Blue* sur la platine. Aux premières mesures de *Fool To Cry* je me suis enfin retourné vers elle, toujours aussi rouge. Sandrine Pierragi avait enfilé sa veste et repris son sac à main. Je l'ai raccompagnée jusqu'à l'arrêt du 29 dans un silence pesant. J'étais perdu dans mes pensées : « Comment est-ce que je vais raconter ça à Contet ? Est-ce qu'il gobera la version S.A.S. ?... ». « Bye bye » a fait Sandrine Pierragi en montant dans le 29, ne me tendant même pas la joue pour une bise. Quelques jours après cette aventure elle est partie une semaine en Corse, d'où elle m'a écrit ces mots : « Dès que j'entends les Stones à la radio je pense à toi. Tu ne l'as peut-être jamais compris mais j'aurais vraiment aimé qu'on sorte ensemble. L'autre jour, dans ta chambre, j'étais prête à me donner à toi. Mais (c'est toi qui rabâches souvent cette phrase), on ne peut pas toujours avoir ce qu'on veut !... » Quand Sandrine Pierragi est revenue de Corse elle ne m'a pas téléphoné et n'a pas répondu à mes appels. Je suis allé l'attendre à la sortie de son lycée mais elle est passée devant moi sans me regarder, tant elle n'avait d'yeux que pour ce motard d'au moins dix ans son aîné qui faisait vrombir le moteur d'une Kawasaki. Le mec avait de la dégaine. Clouté en lettres d'or au dos de son Perfecto, on pouvait lire : DEEP PURPLE MADE IN JAPAN. Ils se sont embrassés, avec la langue, et elle est montée à l'arrière de la moto. Putain ! me faire siffler ma nana par un fan de Deep Purple ! Jamais plus je n'ai adressé la parole à Sandrine Pierragi, ce que d'ailleurs elle m'a bien rendu. Soyons clair : Deep Purple, c'est pas mal, mais leur seul titre de gloire à ma connaissance est d'avoir fait croire à des milliers de guitaristes du dimanche qu'ils étaient des génies de la six-cordes le jour où ils sont enfin parvenus à passer des arpèges de *Jeux interdits* à l'intro de *Smoke On The Water*. Faut quand même pas pousser, les Stones c'est autre chose.

Quand je pense à ce Mick Taylor, un mec assez dingue pour *quitter* les Rolling Stones ! Brian Jones, lui, au moins, avait été viré du groupe. Mick Taylor en a eu marre qu'on ne reconnaisse pas son talent de compositeur ; s'il écrivait une chanson avec Mick ou Keith celle-ci finissait toujours par être signée Jagger/Richards et les deux filous empochaient le magot. Il n'y a que *Ventilator Blues* qui soit cosignée par Mick Taylor, peut-être est-ce lui qui a écrit cet adage mémorable : *Everybody's gonna need / some kind of ventilator*. Les Rolling Stones ne sont pas une démocratie, voilà une évidence que Ron Wood a dû prendre en compte avant de signer son contrat. Remarquez, ça commence plutôt bien pour lui puisqu'il a déjà le droit à sa signature sur *Hey Negrita*, le seul morceau de *Black And Blue* où il joue de la guitare. Ce Ron est passé par une sévère sélection avant de décrocher la place, car le moins que l'on puisse dire c'est qu'il y avait de la concurrence ! Dans les mois qui ont suivi le départ de Mick Taylor les Rolling Stones ont auditionné des milliers de guitaristes et dès que l'un d'entre eux passait la porte du studio il était donné gagnant par les bookmakers. On a eu droit à tous les pronostics, un journal a même organisé un référendum sur la question de l'année : quel sera le prochain guitariste des Rolling Stones ? Eric Clapton, Jeff Beck et Ron Wood arrivaient en tête et en quatrième position, juste devant Rory Gallagher, on trouvait les outsiders qui répondirent en masse par un simple « moi ». Moi, j'aurais répondu moi s'il avait fallu trouver un nouveau chanteur.

> Petite annonce : groupe The Rolling Stones cherche chanteur. Influence Chuck Berry, Muddy Waters, Otis Redding, Bo Diddley. Maîtrise de l'anglais obligatoire. Bon jeu de scène souhaité. Goût pour le contact et le travail d'équipe.

*Chers Rolling Stones,*

*Suite à la petite annonce j'ai l'honneur de vous présenter ma candidature au poste de chanteur des Rolling Stones. Je ne parle pas anglais mais je peux apprendre ; j'ai quelques notions d'allemand (première langue) et d'italien si ça vous intéresse. J'aime bien le blues et le rock, ainsi que les Beatles et Led Zeppelin. Mon jeu de scène est au point, j'ai déjà donné un concert dans le salon qui fut un grand succès d'estime. Dans l'attente d'une réponse favorable, je me tiens à votre disposition pour tous renseignements complémentaires.*

MILAN DARGENT
I, rue Sainte-Marguerite
69010 Sainte-Foy-lès-Lyon

Au lycée, j'en connais plus d'un qui visait la place de Ron Wood. J'en connais trois, exactement : Blanchard, Chantepie, et Debrohas. Ces trois-là ont une guitare sèche à la maison et ils s'entraînent dur. Chantepie sait faire l'intro d'*Angie*, Blanchard connaît les accords de *Brown Sugar* et de *Get off Of My Cloud*, Debrohas peut jouer en entier *Little Queenie* et *Bye Bye Johnny*, deux titres de Chuck Berry repris par les Stones. Ce qui est certain, c'est que tous peuvent jouer le riff de *Satisfaction*. Il y a quelque temps on a essayé de monter un groupe pour jouer à la fête du

collège. Lead guitar : Blanchard. Rhythm guitar : Chantepie. Bass : Debrohas. Drums :
Mounier. Keyboards : Contet. Vocals : Dargent. Rien que pour trouver un nom il a fallu
trois semaines, trois semaines pour finalement
tomber d'accord sur « Les Steaks Hachés ».
Se constituer un répertoire n'a pas été une
mince affaire, vu nos goûts respectifs en
matière de musique. Chantepie voulait qu'on
joue du Maxime Le Forestier, ou pire du
Ange, Debrohas et Contet exigeaient qu'on
reprenne la *totalité* d'un album de Emerson,
Lake and Palmer, et Blanchard, le seul d'entre
nous qui sache déchiffrer la musique, n'a
accepté de se pencher que sur les seules parti-
tions de Status Quo. Quant à Mounier, celui
que tout le collège surnomme « gros pata-
pouf », il n'a jamais rien revendiqué hormis
le droit de cogner comme un sourd sur sa
batterie. La première répétition a été difficile,
tendue. Chacun jouait son truc dans son coin,
si possible en même temps que les autres ;
jamais il n'y avait un seul instant de répit. On
entendait pêle-mêle des arpèges de guitare
boy-scouts, des envolées de synthétiseur pla-
nantes, des accords basiques de guitare boo-
gie et des roulements de batterie free-jazz,
avec par-dessus le tout ma grosse voix qui

bramait des : « I WANNA SEE IT PAINTED !
PAINTED ! PAINTED IN BLACK !... YEAH ! »
À la deuxième répète, alors même qu'on
s'était enfin mis d'accord sur le choix d'un
morceau (*Rebel Rebel*, de David Bowie),
Blanchard a tout fait basculer. Avec trois
quarts d'heure de retard il s'est amené bras
dessus bras dessous avec sa nana — nana qui
n'était autre, à la surprise et au désespoir de
tous, que la grande Laurence. Fidèle à sa réputation elle ne portait pas de soutien-gorge
et on voyait très distinctement la pointe de
ses seins à travers son tee-shirt. La répétition
a été encore pire que la précédente. Caco-
phonie totale. Blanchard a donné l'exemple
en alignant une série de solos stridents qu'il
qualifiait modestement d'« hendrixiens », épi-
thète qui semblait l'autoriser à monter le niveau sonore de son ampli jusqu'à l'inaudible.
Chacun, rendu nerveux par la présence du
public, a fait de même et s'est lancé sponta-
nément dans son morceau de bravoure. J'ai
choisi pour l'occasion (notez le sous-entendu)
*Let's Spend The Night Together*, hurlé comme
un putois dans un micro saturé, à peine couvert par les coups de tambour de Mounier. La
grande Laurence, sans doute afin de mieux se
concentrer, s'est bouché les oreilles et a fermé

les yeux, ce qui nous a permis de contempler en toute impunité son fameux tee-shirt. Notre musique, quoique difficile d'accès, commençait à ressembler vaguement à quelque chose. Quelque chose de difficile à décrire, une sorte de bouillie sonore. On ne faisait pas dans le commercial, au moins. La grande Laurence a supporté l'épreuve un quart d'heure avant de prendre soudainement la fuite, sans un applaudissement. Super, nous faisions déjà scandale. Il n'a pas fallu cinq minutes à Blanchard pour abandonner sa gratte et partir à la recherche de sa gonzesse, ce que, malgré notre indignation, nous n'avions aucun mal à comprendre. Après le départ des deux tourtereaux plus personne n'a eu envie de se lancer dans *Rebel Rebel*, d'autant que seul Blanchard en connaissait les accords. Cet événement a marqué le début du déclin des Steaks Hachés. Personne n'osait l'évoquer, mais tout le monde pensait à la séparation des Beatles, due aux femmes comme chacun le sait. À la répète suivante, Blanchard n'est pas revenu, il nous a dit plus tard qu'il tentait une carrière solo (toujours sans résultats à ce jour). Les répètes se sont espacées et à chacune d'entre elles il manquait un ou deux membres du groupe, jusqu'au jour où je me suis retrouvé tout seul avec

Chantepie. On s'est lancé tant bien que mal dans une interprétation de *San Francisco* de Maxime Le Forestier et dans une version courte d'*Angie*, puisque Chantepie ne savait jouer que l'intro. Il n'y eut plus personne à la répétition suivante et le groupe annula le show prévu pour la fête du lycée. La légende des Steaks Hachés pouvait naître.

L'histoire du Mars planté entre les cuisses de Marianne Faithfull, on se demande d'où elle vient. Tous les protagonistes liés à cette affaire nient en bloc. O.K., Marianne était nue, enveloppée dans un manteau de fourrure (quoiqu'une autre version de l'affaire avance l'hypothèse d'une simple couverture), mais la légende du Mars, c'est du bidon. En revanche, il est prouvé que Keith Richards et ses invités écoutaient *Rainy Day Women n° 10 And 35* de Bob Dylan au moment où les flics ont opéré leur descente. Ça se passait en 1967, une époque bizarre. La police anglaise avait décidé de capturer les Rolling Stones ; on cerna la maison de Keith Richards alors qu'il donnait sa *drug party* quotidienne et on donna l'assaut. Marianne Faithfull, la petite amie de Mick, eut tout juste le temps de se couvrir car elle était nue au moment de la rafle. Le simple fait qu'elle soit la seule fille présente chez Keith et de surcroît *à poil* fit naître toutes sortes de ragots, dont le plus célèbre est celui de la barre de Mars placée dans sa chatte qu'aurait été en train de dévorer Mick quand les flics sont entrés. Le coup de filet s'avéra un échec, on ne trouva que quelques amphétamines et un peu de hash dans les tiroirs, mais Mick et Keith furent tout de même incarcérés. 1967, une époque bizarre. Le pauvre Mick, dans son panier à salade, les menottes aux poignets. On raconte qu'il a écrit *2000 Light Years From Home* dans sa cellule, ce qui prouve qu'il n'appréciait pas du tout la plaisanterie mais que rien n'aurait su entraver son élan créatif... Moi, à la place d'un Mars, j'aurais mis un Bounty. Ça doit être bon, Marianne Faithfull à la noix de coco.

Mick et Marianne formaient un joli couple. Ils s'entendaient à merveille tous les deux car ils étaient complémentaires, Marianne compensant par son raffinement et sa culture le côté un peu gauche du Mick Jagger de l'époque (j'ai lu ça dans un vieux *Rock & Folk*). Mick lui doit beaucoup, c'est du moins ce que disent ses biographes — l'intéressé admettant rarement que quelqu'un ait pu lui apporter quoi que ce soit. Marianne. Ô pauvre petite Marianne chérie. Ça a dû être dur pour toi, toutes ces années rock'n'roll. Ce voyage en Australie ne doit pas te laisser un bon souvenir, si toutefois il t'en reste un souvenir. 1969. Mick et toi étiez partis de Londres le lendemain du concert de Hyde Park, donné à la mémoire de Brian Jones qui venait de passer l'arme à gauche ; Mick avait décidé de devenir acteur de cinéma et devait jouer le rôle de Ned Kelly, le héros national australien. Tu étais droguée jusqu'à l'os. À peine arrivée à Sydney, overdose. Tentative de suicide, coma... La poisse totale. Pauvre Marianne, on ne te reverra pas de sitôt au pays des kangourous. C'est là-bas que Mick a écrit *Brown Sugar* qu'on dit être un hymne à la chatte (pas celle qui fait miaou, celle où on déguste des barres chocolatées, vous me suivez ?), ce que j'ai du mal à mettre en rapport avec les événements qu'il vivait durant son séjour. Tu sais, Marianne, je ne suis pas comme Mick, je ne suis pas aussi infidèle que lui. Peut-être que le succès n'était pas fait pour toi, peut-être aurais-tu été plus heureuse en vivant avec moi une simple vie de labeur, honnête et toute modeste. Le chant du coq, le craquement des bûches dans l'âtre, le balancier régulier de la pendule... Tic. Tac. Tic. Tac. Tic. Tac. Tic. Tac. Tic. Tac. Tic. Tac... Les sangliers et les perdreaux que je ramènerais de la chasse, les poissons-chats que je congèlerais pour nos soirées d'hiver... Ton habileté à faire sauter les crêpes et à repriser mes chaussettes... Le dimanche, nous serions invités à déjeuner chez mes parents, maman nous servirait son fameux gratin de choux-fleurs et mon père, à la fin du repas, te proposerait un calva que tu refuserais, préférant aider à débarrasser puis à essuyer la vaisselle. Après une petite partie de Scrabble nous ferions un peu de balancelle dans le jardin puis nous rentrerions chez nous et passerions tranquillement la soirée devant la télé pour nous endormir paisiblement au son du générique du ciné-club. À l'occasion d'événements festifs tels que nos noces d'or ou la communion solennelle d'un de nos nombreux enfants, nous inviterions quelques villageois autour d'une sangria, occasion de sortir le mange-disques et de danser jusqu'à minuit sur les mélodies de notre jeunesse : « *I know, it's only rock'n'roll but I like it ! like it ! yes I do !* »...

Il y en avait pour tous les goûts dans la discothèque de mes parents. Dans le rayon *speed and fun* on trouvait les œuvres complètes de Georges Moustaki et de Serge Reggiani, dans le rayon *Québec libre* nous avions droit aux complaintes de Gilles Vigneault ou de Félix Leclerc, enfin dans le rayon *folklore* on notait une nette prédominance de la tendance cordillère des Andes, et plus précisément de cet instrument à vent fait de roseaux d'inégale longueur nommé flûte de Pan... *Le Monde enchanteur de la flûte de Pan, Top club flûte de Pan, Machu Pichu Fiesta*, et cætera. Quand des amis venaient à la maison c'était parti pour une soirée flûte de Pan, de l'apéro au digestif soufflait la flûte de Pan magique... J'ai toujours préféré visiter les pochettes de disques que le musée du Louvre. Vers huit ou neuf ans je m'installais dans le salon et je sortais les trente-trois tours de leur rayon pour les regarder. Les pochettes de disques de flûte de Pan me faisaient plutôt peur, ces groupuscules de Peaux-Rouges en poncho, flûte de Pan au bec, ayant toujours l'air vaguement menaçant, tandis que les pochettes des rares disques de pop music m'intriguaient et me séduisaient beaucoup. Les quatre types de *Let It Be* avaient l'air vraiment relax avec leurs longs cheveux et leur moustache, ils ressemblaient tout à fait à certains amis de mes parents (car on portait le cheveu long et la moustache dans le cercle parental) ; des types vraiment relax qui grignotent des olives vertes et boivent du Pim's en écoutant un peu de bonne flûte de Pan... La pop music n'encombrait pas la discothèque : *Let It Be* et *Revolver* des Beatles, deux ou trois Leonard Cohen avec le mot *songs* dans chaque titre, et *Got Live If You Want It* des Rolling Stones. Leonard Cohen aurait pu avoir sa place au rayon *speed and fun* mais le fait qu'il chante en anglais le faisait entrer dans la catégorie pop. Un type que j'ai toujours envié, ce Leonard — tout à fait le genre de type qu'on voit à la terrasse des cafés dans le Midi. Le Midi regorge de Leonard Cohen, ils grillent une cigarette et font tinter les glaçons au fond de leur verre de Gini tout en reluquant nos petites copines qui craquent rien qu'en entendant le son de leur voix. Je les envie, ces types-là, ces types à la voix profonde et chaude qui fait craquer les copines des copains. Au dos de la pochette de *Songs From A Room* il y a cette jeune femme souriante, en petite robe blanche, qui tape sur une machine à écrire. La photo est prise dans une chambre rustique aux volets clos, sur l'un des murs est accroché ce qui semble être un crâne de brebis. Ça sent la fin de sieste, en plein été, la sieste sensuelle évidemment. *On va se baigner, Leonard ? Touche pas à ma machine, chérie, je viens de taper le texte d'une chanson. Dis, c'est une chanson sur moi ? Of course, honey...* Mon idéal de vie. Je ne demande pas grand-chose à la vie, juste habiter dans cette chambre à tête de brebis, avec cette jeune femme souriante dont je pourrais à ma guise soulever la petite robe blanche.

La pochette de *Got Live If You Want It* des Rolling Stones a produit sur moi un tout autre effet. C'est elle que je préférais regarder quand j'étais gamin. Sur un fond noir on avait découpé des photos du groupe en action, *live*. Dans le genre, c'était plutôt ringard, mais les Stones avaient beaucoup d'allure, on voyait qu'ils portaient une grande attention à leur apparence, qu'ils étaient pour ainsi dire excessivement coquets. Ces garçons-là ne faisaient jamais la sieste, ils se trémoussaient comme des malades devant les foules extatiques. Brian Jones accrochait tout de suite le regard, même s'il ressemblait un peu à un singe à qui l'on aurait offert une panoplie de Brian Jones pour Noël, avec sa vareuse à gros boutons, ses cheveux dorés posés comme un casque sur sa tête et sa guitare de science-fiction. Mick Jagger, en une simple pose (micro à la main, la tête tournée vers l'arrière), incarnait toute l'insolence et la décontraction dont je me sers encore aujourd'hui, en rêve, quand il s'agit de conquérir le monde et le cœur des filles... Mais la fascination qu'exerçait la pochette de *Got Live* sur le petit garçon que j'étais ne provenait pas tant des photos du groupe que du noir qui les entourait. Ces petites figurines captées par l'objectif surgissaient de la nuit, elles appartenaient à cette nuit, à cette nuit que j'appréhendais dès qu'il fallait éteindre la lumière pour faire dodo. Nous les gosses on se couchaient juste après le passage du marchand de sable, à sept heures et demie du soir, pendant que les parents écoutaient de la flûte de Pan avec les Beatles et que les Rolling

Stones enflammaient le Royal Albert Hall de Londres.

*Got Live If You Want It*, j'avais bien essayé de le poser sur la platine, mais là, du fin fond de mes huit ou neuf ans, je ne pouvais pas comprendre un truc pareil. Le groupe jouait à moitié faux des chansons aux titres étranges comme *Have You Seen Your Mother Baby Standing In The Shadow ?* sous les hurlements délirants de milliers de jeunes filles. Il m'a fallu attendre l'âge de douze ans, âge où j'ai décidé d'entamer une carrière de fan des Rolling Stones, pour pouvoir commencer à écouter ce disque sans avoir l'impression de plonger au cœur du Déluge. Aujourd'hui, dans ce bus, je me pose des questions. Mes parents *possédaient* ce disque, ils l'avaient donc probablement *écouté* un jour ou l'autre, ce qui d'abord m'en bouche un coin et ensuite tend à signifier qu'eux aussi ont été *jeunes*. Ça alors. J'imagine ma mère en 1966, s'arrachant les cheveux en hurlant au moment où Mick chante : « *This could be the last time, maybe the last time, I don't know-ow ! OH NO !...* » En vérité la plus grande partie de la discothèque de mes parents n'a rien à voir avec la pop, le folklore et la chanson, ce qui tient le

plus de place c'est le classique. Des concertos
en ut majeur, en fa dièse, en do mineur, des
*Te Deum*, des messes en mi bémol, des orato-
rios, des symphonies, des truites de Schubert
et des sonates au clair de lune — bref, toute
une musique qui m'évoque les fauteuils
Louis XV que ma grand-mère laissait recou-
verts de housses en plastique quand elle invi-
tait ses petits-enfants à déjeuner, les déjeuners
se prenant TOUJOURS avec France Musique
en fond sonore. Entre deux fourchettes de
salade de betteraves (aux harengs) on entendait une voix de fausset nous annoncer la
symphonie machin-chouette de truc-bidule,
en direct du grand orchestre philharmonique
de Berlin, et ça nous faisait une belle jambe.
Toute la musique classique ne vaut pas une
seule chanson de *Got Live If You Want It*. La
musique classique est un fauteuil Louis XV
sur lequel on ne s'assied pas, nous les jeunes
d'aujourd'hui.

Je dois avouer que j'ai longtemps été séduit par la fille en voilette qu'on voit sur la pochette de *Goat's Head Soup*, une fille idéale, encore plus troublante que Marianne Faithfull, une fille nommée Mick Jagger. Pour la tournée 75, Mick y est allé sec sur le maquillage et les tenues de diva, mais bizarrement ça ne lui ôte rien de sa virilité. Mick a déclaré un jour : « J'ai couché avec plus de femmes que d'hommes. » Les rockers ont le privilège des déclarations iconoclastes et drôlement smart. Personnellement, j'approuve à cent pour cent la déclaration de Mick — même si, pour l'instant, je maîtrise mal le sujet parce que j'ai couché en tout et pour tout avec zéro homme et zéro femme. Mick et Keith font la paire. Quand ils chantent dans le même micro ça fait toujours de jolies photos, on se dit ces deux-là font la paire. Ils fonctionnent bien ensemble. Ils sont beaux. Un groupe de rock qui ne comporte pas un chanteur scintillant et un guitariste charbonneux n'a aucune chance dans le business. Keith et Mick, personnages assez dissemblables, se rejoignent sur certains sujets, par exemple leur foncière misogynie. Ces mecs-là ne font aucune confiance au sexe faible, il suffit d'éplucher les textes de leurs chansons pour s'en rendre compte. La chanson *Stupid Girl* résume leur point de vue. Il y a aussi *Bitch*, autre chanson résumant leur point de vue. Il faut reconnaître qu'en matière de femmes, les Rolling Stones ont acquis de l'expérience au fil de leur longue carrière. Pendant la tournée 1972 Hug Heffner, le patron de *Playboy*, les a hébergés trois nuits dans son hôtel de Chicago. Playmates et cocaïne à volonté. Le pied. En tout cas de quoi faire rêver Contet, même si actuellement il ne jure plus que par le magazine *Penthouse, Playboy* restant un peu trop édulcoré à ses yeux. Contet dont il me semble voir la face de pudding se profiler sous l'abribus Debrousse...

C'est vrai qu'il est pas beau Contet. Son pif ressemble à une goutte d'huile, d'autant qu'il a la peau plutôt grasse. Ses cheveux aussi sont gras, il devrait les couper plus court. Il devrait s'arranger un peu, ça l'aiderait à « faire des touches » puisque c'est là son obsession. Dès qu'il croise le regard d'une fille il me demande : « Tu crois que j'ai fait une touche ? » La plupart du temps je réponds non, je crois pas. Contet est un authentique érotomane. Au lycée, il est notre professeur ès fesses, c'est toujours à lui qu'on s'adresse quand on ne comprend pas le sens de mots mystérieux tels que « missionnaire », « partie carrée » ou « branlette espagnole ». Contet, quand il sera grand, s'orientera certainement vers la sexologie. Sa grande spécialité en la matière, c'est l'onanisme (définition de Contet, avec geste à l'appui : quand tu te l'astiques comme ça). Il se l'astique comme ça au moins quatre fois par jour, voire douze les dimanches de fête. Ce mec a la santé. Il a aussi une collection remarquable de magazines cochons, cachés très astucieusement sous le matelas de son lit. Chez Contet, c'est presque un rituel, avant toute chose on commence par se rincer l'œil en explorant les dernières perles de sa collec. À en croire ces magazines, on dirait que les femmes, en particulier les belles femmes à gros nichons, dès qu'elles se retrouvent seules, vaquent à la plupart de leurs activités en tenue d'Ève. Les robes et les jupes, ça va quand il y a du monde — dès que possible, moi, j'enlève tout ça, petite culotte comprise ! Ouste !... Et on cuisine, et on jardine, et on téléphone, et on se maquille, et on écrit, et on lit À POIL. L'été (c'est très souvent l'été dans les bouquins de cul), pas question de maillots de bain, le naturisme est quasiment obligatoire : après quelques brasses on séchera en courant dans les dunes, quitte à garder un peu de sable humide sur le contour des fesses, puis on s'allongera tranquille dans un hamac, un livre de Marcel Proust ou de James Joyce à portée de main (les filles des bouquins de cul ne lisent jamais *Zembla* ni *Télé Poche*)... Tout ça baigne dans une lumière dorée, un halo vaporeux... Et tout ça nous fait diablement bander. Mais il y a un hic. On ne nous montre pas l'essentiel. Il y a quelque chose qu'on nous cache et c'est précisément ce qui nous intrigue le plus. Les chattes. Bon, des chattes, en fait, on en voit, et de toutes les couleurs, mais celles-ci se résument à de simples *pubis*, les photographes oubliant systématiquement de descendre plus bas, làààà... au centre... au *milieu !*... à la *source !*... ENTRE les cuisses des femmes ! Nom d'un chien mais pourquoi ces chipies s'évertuent-elles à croiser tout le temps les jambes ? Putain de bordel n'y en a-t-il pas UNE sur cette planète qui a envie de S'AÉRER un peu le minou ? S'il vous plaît soyez sympa juste une photo ça ne risque rien on ne va pas vous sauter dessus ON VEUT JUSTE SE BRANLER COMME DES SAUVAGES EN RELUQUANT VOTRE ABRICOT !

C'est fait. Je veux dire, on s'est enfin branlés comme des sauvages en reluquant un abricot. La semaine dernière, grâce à Contet, le grand mystère a été percé. Je m'étais pointé chez lui pour écouter le dernier Led Zep et, comme d'habitude, il avait fallu commencer par le quart d'heure bouquins de cul. Voyons voir. Tiens donc... le dernier *Penthouse*, tout frais, acheté le matin même... À peine on avait feuilleté quelques pages que Contet, les yeux exorbités, a explosé : « LA VACHE ELLE A LES JAMBES ÉCARTÉES REGARDE UN PEU ON VOIT SA CHATTE ÉCARTÉE ! » On tirait tous les deux le journal à nous, fébriles, commençant à déchirer la précieuse icône. Oh mon Dieu alléluia la vie est belle dans une semaine je vois les Rolling Stones et aujourd'hui je vois une chatte écartée !... Assise sur une marche d'escalier, entièrement nue, les coudes posés sur les genoux, le menton appuyé sur ses mains croisées, souriante, elle était photographiée de face. Brune. « Oh putain la chienne oh putain la chienne » geignait Contet. Rien à voir avec un abricot, au fait. C'était sombre, touffu, comme un buisson légèrement fendu en son centre par deux éminences charnues. « C'est les lèvres », a affirmé Contet. J'avais bien entendu parler de cette histoire de lèvres mais je n'ai pas osé demander à Contet si c'était les petites ou bien les grandes qu'on devinait sur la photo. Pour être honnête, tout cela était un peu flou. Pourquoi est-ce que cette fille n'écartait pas *un peu plus* les jambes, tant qu'à faire ? Contet, en grand professionnel du sexe, est allé chercher une loupe, ce qui nous en a appris beaucoup sur le procédé de reproduction

photographique offset. On aurait dit un ta-
bleau de Seurat quand on s'approche trop
près, une chatte peinte par un pointilliste.

Il n'y a tout de même pas que les chattes qui
nous intéressent, Contet et moi, il y a aussi
les seins. Il n'est pas rare que notre dernière
pensée, avant de sombrer dans le sommeil,
aille à la paire de nibards de la grande Laurence. L'autre jour, on a monté une expédi-
tion de grande envergure. Était-il acceptable,
à quinze ans, de ne jamais avoir ne serait-ce
que caressé du bout des doigts un sein de
femme ? On avait l'air de quoi devant certains
de nos camarades de classe qui en étaient
déjà, à les en croire, au cunnilingus (quand tu
lui broutes la chatte écartée, dixit Contet) ?
Un mercredi après-midi, Contet et moi avons
donc pris le 29 direction gare de Perrache avec
la ferme intention de peloter tout plein de
nichons. Contet, sur ce coup-là, m'a épaté. Il
avait choisi la gare à cause de la foule, pariant
sur le fait qu'aux heures de pointe les femmes
ne s'offusquent pas des mains baladeuses,
mises sur le compte du tohu-bohu général ;
certaines, même, à ce qu'on dit, adorent ça —
celles-ci faisant partie de la catégorie mythique des *salopes*, le genre de femmes qui sévit

110

à toutes les pages des romans de S.A.S. mais dont il faut bien dire qu'on ne rencontre que fort peu de spécimens vivants. Tels deux grooms pervers, nous nous sommes postés chacun d'un côté d'une porte à tambour du grand hall de la gare, bave aux lèvres et paumes grandes ouvertes. Par ici mes bonnes dames, approchez approchez ! Vers les dix-sept heures un train de banlieue a déversé ses voyageurs et on a vu arriver une cohorte de gonzesses toutes poitrines en avant. Hallucinant. Autour de moi c'était une invasion de paires de seins, de tétons à la Laurence, si pointus qu'ils en perçaient les tee-shirts. Toutes ces mamelles dodelinaient, frémissaient, tressaillaient comme des flans qu'on vient de démouler ; toutes ces mamelles semblaient vivre une vie très agitée, indépendante du corps des femmes qui les portaient. Halluciné. J'étais halluciné, et de ce fait complètement hébété, cloué sur place, tandis que Contet, paumes ouvertes et bave aux lèvres, se préparait à lancer l'opération commando la plus audacieuse de sa carrière. Sur ce coup-là, il m'a carrément épaté. Le voilà qui se rue sur la première blonde venue et vlan ! lui attrape les lolos comme s'il dérobait deux oranges à l'étalage d'un épicier. Je ne sais pas s'il pensait

111

en faire sortir du jus, mais il a pressé si fort que la propriétaire de cette malheureuse poitrine s'est mise à hurler : « ÇA VA PAS, NON ? ESPÈCE DE PETIT CON ! » Le petit con avait déjà disparu. Aussi rapide qu'un lièvre il s'était précipité vers la sortie afin de fêter l'événement sans plus attendre — en compagnie, j'imagine, de ses magazines favoris. Total, il ne restait qu'un seul petit con face à la victime. « Je le connais pas, m'dame ! » Voilà tout ce que j'ai pu dire, en m'attendant à prendre une torgnole imméritée. Dieu merci, sans doute apitoyée par mon air benêt, la dame en est restée là et a passé son chemin. D'après Contet elle devait appartenir à la catégorie mythique des salopes qui adorent ça et, à ma place, il aurait vérifié en inspectant le taux d'humidité de son slip. Facile à dire après coup, car en attendant ce loustic m'avait lâchement laissé tomber, et le connaissant je savais qu'il n'allait pas manquer de me narguer jusqu'à la lie si je revenais bredouille. J'ai donc attendu un autre arrivage de voyageuses pour battre le record de pelotage détenu par mon pote. Loin d'avoir son allant, tout ce que j'ai pu entreprendre a été de tenir la porte à une grande rousse tout en laissant traîner ma main gauche à hauteur de ses fesses. La dame, faut-il le préciser, n'a rien senti passer. Je fais ça tout en douceur, moi, pas comme ce balourd de Contet. En résumé, j'avais frôlé du revers de la main la poche arrière d'un pantalon en velours — un pantalon de femme, tout de même. Une sacrée expérience. Contet a eu le triomphe modeste, nous étions quittes : certes, il s'était saisi d'une paire de nichons, mais pas énormes, et à quel prix, tandis que moi j'avais palpé à gogo une superbe croupe de rouquine hyper canon qui n'avait pas pipé mot. Maintenant, je sais de quoi je parle : y a de ces salopes, quand même !

Contet a deux passions, le cul et la pop music. Il possède plus de disques que moi mais la plupart des trucs qu'il essaye de me faire écouter me donnent mal à la tête. C'est lui qui m'a fait comprendre que je ne m'orienterai jamais vers ce qu'on appelle le rock progressif. Face A : un solo de batterie de cinq minutes suivi d'un solo de guitare de sept minutes suivi d'un solo de synthé de neuf minutes. Face B : la même chose, mais dans le sens inverse. Face C (c'est un double album) : on n'entend plus rien — c'est-à-dire si, on entend çà et là une goutte d'eau qui tombe dans un évier (du synthé, d'après Contet), un coup de cymbale (mais très lointain, comme perdu dans le vent) puis du vent tout court, puis rien, puis à nouveau une goutte d'eau, puis rien, puis le bras du tourne-disque qui se relève car la face C est finie. Face D : le temps se gâte. Les gouttes d'eau se sont transformées en rafales de pluie et le vent a tourné à la tempête. Ça tonne fort, très fort. Vingt minutes d'orage. On en sort vivant, c'est déjà une chance, mais à moitié sourd. Précision de Contet : le bruit de la foudre c'est pas du synthé mais de la guitare, comme quoi il ne faut pas se fier aux apparences... Voilà, c'était un exemple. L'exemple type du genre de microsillon qui provoque la pâmoison de mon copain Contet : le (double) concept album progressif, allemand de préférence. Comme on peut s'en douter, Contet n'a que peu d'estime pour les Rolling Stones, spécialistes du rythme binaire. Selon lui, le seul bon musicien du groupe était Mick Taylor, le guitariste qui a remplacé Brian Jones avant d'être lui-même remplacé par Ron Wood. C'est la sortie du disque *It's Only Rock'n'Roll* en 1974 qui a révélé nos profondes divergences : Contet affirme encore que le seul bon morceau du disque est *Time Waits For No One*, parce qu'il a « un petit côté Santana », et que *Fingerprint File* n'est que de la « vraie daube imitation soul music. » En plus, il trouve la pochette « super cucul ». Comment peut-on se tromper à ce point-là ? Je n'ai même plus la force de me défendre. Je sais de toute façon que j'ai raison, que les dix chansons d'*It's*

*Only Rock'n'Roll* sont des chefs-d'œuvre intemporels, y compris *Fingerprint File*. Je parle bien de *chansons*, pas d'improvisations à la noix. Et puis, en ce qui concerne l'esthétique des pochettes de disques, faut-il se fier à l'avis d'un type qui expose toutes celles de Genesis et de Yes au-dessus de son lit ? Ce pauvre Contet, on peut imaginer ce qu'il a souffert à l'écoute de *Black And Blue*, la moitié des chansons correspondant à son qualificatif de « vraie daube imitation soul music ». Mais pourtant, fait étrange, il rejoint ce bus en partance pour un show des Rolling Stones. Il veut quand même voir ça. Je le charrie : « Merde alors, Contet ! Tu viens quand même voir ces putains de vieux tromblons de Rolling Stones ! » Il me charrie à son tour : « Ouais, mon gars, ce soir je vais voir les ROLLING STONES ! THE GREATEST ROCK AND ROLL BAND IN THE WORLD ! PUTAIN J'ESPÈRE QU'ILS VONT JOUER *FINGERPRINT FILE* ! » Le plus marrant c'est qu'il a quand même l'air de se prendre au jeu, je crois qu'il ne l'avouera jamais mais qu'il est tout content de participer à l'événement. Contet fait partie de la confrérie des rabat-joie. Dès qu'il achète un disque il trouve que le précédent était meilleur — ce précédent qui pourtant en son temps était moins bon que le précédent. À suivre sa logique, on en vient à se dire que les musiciens ne peuvent produire qu'un seul disque valable, le premier. Après, ça se dégrade. Contet et ses confrères vont faire la fine bouche après le concert de ce soir, on va entendre les éternelles mêmes sornettes : « C'est plus ce que c'était / Mick Taylor laisse un vide béant / Ron Wood est un pitre / Keith Richards a l'air totalement largué / Mick Jagger s'auto-parodie / ils devraient passer la main... » Il y a toujours des rabat-joie qui viennent nous gâcher nos Rolling Stones. Toujours des mecs qui les trouvaient mieux avant. Foutaises. Je connais un type qui les a vus en 65 et qui ne se souvient de rien. Il dit juste que c'était super, super mieux que maintenant.

Choulans-Tourelles est un arrêt triste. Je ne regarde jamais par la fenêtre du bus à Choulans-Tourelles. Je ne sais pas, il y a ces immeubles gris, le chemin de Choulans toujours encombré de bagnoles, la proximité du tunnel de l'autoroute... En tous cas cet arrêt me fout le blues. Ça ne doit pas toujours être très gai d'être un Rolling Stone. En particulier les jours de pluie. Traverser la zone industrielle de villes aussi tristes que Lyon, Mannheim, Cleveland ou Édimbourg dans le brouillard pollué de sept heures du soir, jouer dans des Palais des Sports à peine chauffés, sourire à des abrutis édentés qui sont sûrs de vous avoir vus quelque part, serrer des centaines de pognes inconnues qui prennent un malin plaisir à vous broyer la main pour se faire remarquer, signer un millionième autographe, tenir deux heures sur scène en chantant TOUJOURS les mêmes chansons par peur de se faire lyncher par une foule qui n'aurait pas eu sa dose de *Satisfaction*, faire reprendre en chœur des versets aussi lugubres que *You can't always get* (avec moi !) WHAT YOU WANT !... *You can't always get* (plus fort les gars !) WHAT YOU WANT ! à des milliers de pèlerins ébahis qui vous pardonnent toutes vos fausses notes car vu le prix des places ils ne peuvent pas *en plus* se payer le luxe d'être déçus ; se taper les embouteillages que votre propre concert a provoqués, arriver au Sofitel local entouré de gardes du corps au cas où il prendrait l'envie à un détraqué de vous flanquer trois balles dans le buffet, avoir à choisir une des douze groupies qui font le pied de grue devant la porte de votre chambre alors qu'elles sont toutes absolument canon, téléphoner à votre femme (coup de cafard après la séance groupies) et ne pas la joindre parce qu'elle vient de s'en aller à une garden party donnée par Bryan Ferry, taper contre le mur pour faire taire Keith Richards qui écoute les bandes du concert à fond dans la chambre à côté, se réveiller aux aurores pour ne pas louper l'avion de neuf heures du matin et recommencer le même cirque de ville en ville jusqu'à la fin de la tournée mondiale. De toute façon, moi, je n'aurais pas pu être un Rolling Stone parce que j'ai peur de l'avion. Un peu comme David Bowie. Je n'aurais pas pu être David Bowie non plus, remarquez, d'abord parce qu'il se trouve que je suis Milan Dargent et pas David Bowie, ensuite parce que David Bowie a eu sa période peur de l'avion mais qu'il a vite soigné sa phobie vu le temps qu'il perdait dans les trains et les bateaux. David Bowie, à mon avis, aurait pu être un Rolling Stone, il avait la carrure et le charisme nécessaire ; et comme ça Mick Jagger aurait été David Bowie, ce qu'il a toujours rêvé d'être — un artiste solo qui n'a pas besoin de se coltiner les fausses notes d'un guitariste shooté pour exister. Si Mick Jagger avait été David Bowie les disques de David Bowie seraient signés Mick Jagger, au lieu de *David Live* on aurait eu *Mick Live* et David en voudrait encore à Mick d'avoir fait dessiner la pochette de *Diamond Dogs* à Guy Peellaert alors qu'il l'avait contacté avant lui pour celle de *It's Only Rock'n'Roll*. Guy Peellaert est l'illustrateur de *Rock Dreams*, un livre paru en 1972 consacré à l'univers fantasmatique qu'inspirent les vedettes de rock'n'roll. Les Rolling Stones ont droit à des illustrations magnifiques. On peut les voir habillés en prêtresses sadomaso (cuir, cuissardes, chaînes) ou en uniformes nazis prenant le thé en compagnie de fillettes entièrement nues. L'image que je préfère est celle de Mick et Keith déguisés en corsaires en train de danser sur un cercueil. Ça résume bien les choses. Les Rolling Stones inspiraient ce genre de trucs, à une époque. Vous tombiez sur une photo d'eux dans un magazine et vlan ! vous étiez propulsé devant la scène du Madison Square Garden en compagnie de vingt mille *freaks* gonflés à bloc, prêts pour le grand ramdam !... Le public s'est gavé de marijuana, de coke et de bourbon. On est là pour se défouler. Les nanas en ont rajouté dans la provocation, ce ne sont que décolletés et mini-minijupes. Les mecs se collent à elles. Il y a de l'excitation dans l'air, l'air qui est moite et poisseux, de la violence aussi, sourde mais palpable, prête à jaillir à la moindre anicroche... Tout de même, la joie et le plaisir dominent. Le spectacle est grandiose... Les Stones se donnent à fond, ils triment comme des bêtes... TSOIN TSOIN TSOIN TSOIN ! *TSOIN TSOIN* TSOIN TSOIN !... *HO*... YEEEAH !... Groiiink... Dès l'intro de *Rocks Off*, c'est parti, on s'exile dans la *Main Street*. Mick et moi, nous nous promenons dans nos belles vestes à carreaux, une canette à la main, jetant de temps à autre un œil sur le programme des cinémas du quartier. Hé ! Mick ! Mick ! Tu l'as vu, toi, *Atomic Kid* ? Hé ! Mick ! Mick ! Tu aimes les films avec Joan Crawford ? Hé ! Mick... où t'es passé ? Mick, fais pas le con, reviens ! Allez, Mick, j'ai passé l'âge de jouer à cache-cache ! Me laisse pas tout seul, je vais me perdre dans la *Main Street*...

Ça sent bizarre dans ce bus. Je vois. Il y a un mec qui s'est allumé une clope en forme de cône. Un joint ! Le mec FUME UN JOINT DANS LE BUS ! Hyper extra le mec ! Le chauffeur ne dit rien. Cause toujours, chauffeur, la horde maléfique des Stones *freaks* fume ses jockos où bon lui semble. Évidemment, ce mec hyper extra n'est autre que l'homme au tee-shirt *Tour Of The Americas 1975*, celui avec l'aigle en acier qui se pose dans le désert. À son bras, la petite blonde extrêmement mignonne. On sent tout de suite qu'ils n'ont rien à voir avec les autres passagers du bus. De ceux qui roulent des joints, boivent de la vodka et baisent toute la nuit en mettant les Stones à fond. Il y a plein de photos où on voit Keith Richards une bouteille à la main, en général une bouteille de bourbon. J'aime beaucoup celle où il se tourne vers un ampli sur lequel sont posées une bouteille de

Jack Daniel's et une canette de Coca tandis que Mick gesticule à l'autre bout de la scène. Madison Square Garden, New York, juillet 1972. J'ai lu quelque part qu'à cette époque on préparait des rails de cocaïne directement sur les amplis, un peu à l'abri des regards. La petite blonde extrêmement mignonne a sûrement essayé la coke. On voit sur son visage que c'est une rebelle. Blanchard m'a dit qu'il avait un jour couché avec une vieille salope (une amie de sa mère, si j'ai bien compris) qui se branlait en frottant son clitoris avec de la cocaïne. Elle lui en avait fait sniffer tout plein et ils avaient baisé toute la nuit comme des bêtes. Blanchard l'avait prise quatre fois dont une dans le cul. Ouais, Blanchard a déjà enculé des femmes. Je me demande si la grande Laurence fait partie du lot ou s'il s'est contenté de ses seins. La cocaïne, c'est prouvé, centuple les performances au lit. Blanchard m'a aussi dit qu'il avait entendu parler d'une fille qui ne pouvait prendre son pied que sur *Angie*. Dès qu'elle sentait que ça allait venir elle se levait pour aller mettre *Angie* sur la platine. Il paraît qu'*Angie* la rendait super chaude. Quatre minutes zéro deux d'orgasme, avec un pic au moment où Mick susurre : *let me whisper in your e-e-e-ears...* *Angiiie...* *Angiiie...* Dans le même registre, j'ai lu un article où le reporter raconte qu'au moment où ils ont joué *Angie* il a vu une fille se mettre à genoux devant son mec et lui sucer le zob. Comme ça, en plein concert. Ils avaient dû faire un pari. Il faut croire que cette chanson déclenche des choses. Avec un peu de chance, ils joueront *Angie* ce soir, et avec encore un peu plus de chance, je serai placé juste à côté d'une fan d'*Angie*. Elle me fera passer le joint et ça sera hyper extra. Quoique les joints, on dira ce qu'on voudra, c'est pas si extraordinaire que ça. J'en parle en connaissance de cause car je me suis déjà drogué et ça ne m'a rien fait. Si si, juré. De la vraie drogue, pas les feuilles de maïs séchées qu'on a essayé de fumer avec mon frère l'année dernière (quelqu'un m'avait certifié que l'authentique *spliff* jamaïcain se roulait dans des feuilles de maïs).

L'hiver dernier, dans le plus grand secret, Contet a organisé une *drug party* en l'honneur de son correspondant allemand, Hans, qui avait eu l'heureuse initiative d'amener du haschich dans ses bagages. Oui, du *haschisch*. Un mercredi après-midi, mon frère Raphaël, Contet et moi nous sommes donc retrouvés assis en tailleur autour de Hans, le maître de cérémonie, fin prêts pour le grand plongeon. Pendant que Hans préparait sa mixture je sentais l'angoisse me saisir les tripes. Raphaël aussi n'en menait pas large, il était tout pâlot, tout ratatiné dans son coin... Contet, malgré une trouille aussi bleue que la nôtre, tentait de donner le change en affectant un ton gouailleur : « On m'a dit qu'il y en a qui sautent par la fenêtre quand ils ont pris une trop forte dose ; en fait, ils se prennent pour des oiseaux et floutch ! ils s'envolent par la fenêtre ! » Raphaël n'en revenait pas : « C'est fou, ça... C'est fou. » Il souriait mais on voyait que c'était nerveux, il souriait jaune pour ainsi dire. Personnellement je ne souriais pas, impossible d'imprimer le moindre rictus sur mon visage. C'est à un Milan à la gueule de dix pieds de long que Hans a tendu son pétard. « *Willst du* ? » Merci du cadeau, Hans. Contet en avait de bonnes : « Veinard, c'est toujours celui qui allume qui est le plus raide. » Je n'allais tout de même pas abuser de la générosité de Hans en me réservant la meilleure part du gâteau : « *Nein, danke...* » ai-je fait. Hans s'est alors retourné vers Contet, lequel, soudain moins narquois, lui a opposé le même refus poli : « *Nein, danke...* » « *Nein, danke...* » La voix de Raphaël, bien qu'on ne lui ait rien demandé, faisait écho à celle de Contet. Hans, dépité, a fini par allumer le joint, tirant trois bouffées sous nos regards scrutateurs. Aucun effet visible, Hans ne s'est pas précipité vers la fenêtre en faisant cui cui ; c'est un Hans apparemment normal qui m'a passé le joint. Là, je ne pouvais plus reculer ; j'ai pris un air détaché, presque blasé, un air rock'n'roll en quelque sorte, et une première bouffée est entrée à l'intérieur de moi. Amen. Ça arrachait vraiment mais j'ai réussi à me retenir de tousser. « Il est pas très fort » ai-je annoncé avant d'aspirer à nouveau de la fumée, prenant bien soin de la garder au fond de la gorge pour la recracher en douce pendant le tour de Contet. Un grand jour. Tel Lou Reed et Jim Morrison je pénétrais dans l'enfer de la drogue. Contet, euphorique dès la première taffe, s'est mis à fouiner dans la discothèque. Je craignais le pire, la face C du double album de rock progressif allemand par exemple, mais il a fallu qu'il trouve encore pire que ce que je craignais... *Revolution 9* ! Oh l'idée de génie ! Contet pense sincèrement qu'avec *Revolution 9*, un collage musical sans queue ni tête qui dure des plombes, les Beatles ont atteint le sommet de leur inventivité ! Tout pénétré par la litanie des *number nine* répétés à l'infini par la même voix monocorde, il croyait indispensable d'afficher une mine de circonstance, à la fois souffrante et inspirée, une mine de vrai drogué, genre « vous ne pouvez pas comprendre ce que je ressens. » *Number nine... Number nine... Number nine...* C'en était trop pour Raphaël dont le visage, entre deux *number nine*, passa du blanc Bonux au vert olivâtre. « Arrêtez ça ! s'est-il soudain écrié tandis qu'un gros nuage de fumée s'échappait de sa bouche, je vais mourir ! » Contet n'a rien voulu entendre : « Non, laisse, c'est vachement psychédélique. » *Number nine... Number nine... Number nine...* martelait la voix monocorde alors qu'en bruit de fond on entendait des cris de nourrisson qui réclame son biberon mêlés au grondement de manifestants mécontents. Raphaël ne bougeait plus, il était prostré, la bouche ouverte, de petites gouttes de sueur coulaient sur ses tempes. Quand Hans lui a présenté le pétard pour une deuxième tournée, il a tourné carrément de l'œil et s'est affalé sur le sol. *Number nine... Number nine... Number nine...* Mon frère faisait une overdose dès la première taffe de son premier pétard ! On n'était pas près de monter un groupe de rock à ce train-là, il ne tiendrait pas le choc ! Hans m'interpella : « *Ach ! Dein bruder ist krank* ! » Complètement *krank* tu veux dire. Le malheureux gardait tout de même l'usage de la parole, on l'entendait gémir des « je suis malade, je suis malade » qui parasitaient les *number nine* des Beatles. *Number nine* je suis malade *number nine* je suis malade *number nine* je suis malade *number nine* je suis malade... Tout cela était vachement psychédélique mais ne m'emmenait pas au septième ciel. Il est clair que cette première expérience de la drogue n'allait pas faire des frères Dargent de dangereux junkies.

Pont Kitchener à l'horizon. Il va falloir quitter le 29 et traverser le pont pour aller prendre le 96 à Perrache. Ça tombe bien d'ailleurs, l'odeur du hasch commence à m'importuner. J'ai besoin d'air. Je suis sûr que la fumée passe par mes narines et se fraie un chemin jusqu'à mon système nerveux. La preuve, je suis nerveux. « Amène-toi, Contet ! On descend là ! » dis-je en me retournant vers lui. Le problème c'est qu'il n'est plus là. Contet s'est volatilisé. J'ai beau dévisager un par un les passagers du 29, aucun n'a la face de pudding requise. Soit il a sauté par la fenêtre, préférant la mort à la possibilité d'être conquis par les Rolling Stones formule Ron Wood, soit le chauffeur, croyant se débarrasser d'un dangereux fan des Stones, l'a éjecté hors du bus au moyen d'une commande secrète. Soit il a disparu comme tant d'autres, mystérieusement. Toutes ces histoires de disparitions mystérieuses je n'y avais jamais cru et pourtant il faut bien se rendre à l'évidence : un beau jour, des gens disparaissent définitivement de votre vie. Contet ne m'a pas prévenu. Il faisait le con derrière moi, je me suis retourné et il n'était plus là. Tel quel. Pfuit. Volatilisé. C'est arrivé à un des deux Frères Ennemis — deux bons-hommes, un chauve et un moustachu, qui fai-saient des sketches à la télé quand on était petits. Par exemple, le chauve prenait son télé-phone et disait : « Allô, Attila ? » et le mousta-chu à l'autre bout du fil répondait : « Hun ? » Ça m'est resté, allez savoir pourquoi, comme m'est resté le souvenir de cette émission sur les disparus où l'on racontait que le frère ennemi moustachu faisait partie de la longue liste des mystérieux disparus de l'année. Comme cela a dû être triste pour le chauve, obligé de continuer à raconter ses bonnes blagues tout seul et à assumer la suspicion qui n'a pas dû manquer de peser sur lui à cause du sobriquet que le duo avait choisi pour nom. *TCHHHH*. Je ne sais pas si Contet a rejoint le frère ennemi moustachu au club des disparus de l'année, mais, si c'est le cas, il aurait pu choisir un autre jour que le plus beau de ma vie. Les portes du 29 s'ouvrent en se pliant comme le soufflet d'un accordéon. Dix-neuf

131

heures trente. Il faut y aller, Contet ou pas. Les Rolling Stones n'attendent jamais les retardataires et manquer les premiers accords de *Honky Tonk Women* serait une déception dont je pense que je ne me remettrais jamais.

03

Le Palais des Sports ressemble à une tortue boudeuse, toutes pattes et tête rentrées. Une tortue géante, s'entend, sous la carapace de laquelle douze mille personnes pourraient s'abriter. C'est dans ce machin que vont jouer les Rolling Stones. Je n'en reviens pas. On est loin du Madison Square Garden de New York, du L.A. Forum ou de l'Earls Court de Londres. Lyon. Fin fond du septième arrondissement, quartier de Gerland. Entre l'allée Pierre-de-Coubertin (l'essentiel c'est de participer), l'avenue Jean-Jaurès (ils l'ont tué) et la rue J.-P. Chevrot ( ? ? ?)... le Palais des Sports. Dire ! Dire qu'ils vont jouer là, entre l'allée Pierre-de-Coubertin, l'avenue Jean-Jaurès et la rue J.-P. Chevrot. Si J.-P. Chevrot voyait ça, il s'en retournerait dans sa tombe. « Quoi ? Les ROLLINGS STONES ? Dans MA rue ? » « Tel quel mon petit J.P. Je n'ai eu qu'à prendre le 29, changer à Perrache, et prendre le

96 pour voir les Rolling Stones. Hop là ! »
Je n'en reviens pas. Je m'imagine pipe au
bec, entouré de mes nombreux arrière-petits-
enfants : « Comme je vous le dis ! Je n'ai eu
qu'à prendre le 29, changer à Perrache, et
prendre le 96 ! » « Nooon ?... C'est pas vrai,
grand-papy, tu n'as eu qu'à prendre le 29,
changer à Perrache et prendre le 96 ? »
« Comme je vous le dis, mes petits trésors.
Les Rolling Stones, les vrais Rolling Stones,
ont joué au Palais des Sports, au fin fond du
septième arrondissement de la cité des Gaules,
le pays des quenelles et de Guignol. Et j'y
étais. » Les petits trésors de se pincer pour y
croire : « C'est pas vrai, grand-papy, les VRAIS
Rolling Stones ? Mick Jagger était là aussi ? »
« Je sais que c'est difficile à imaginer, mes
petits trésors, mais je ne vous mens pas. J'ai
vu Mick Jagger sur scène, au Palais des Sports
de Lyon, le 9 juin 1976. » L'incrédulité de
cette marmaille peut aisément se comprendre,
quand j'aurai l'âge d'être arrière-grand-père
les Rolling Stones seront devenus les égaux de
Ludwig Van Beethoven ou de William Sha-
kespeare dans l'imaginaire collectif. Des génies de l'humanité ! Si mon arrière-grand-père
m'avait raconté qu'il avait assisté au vernis-
sage d'une expo de Vincent Van Gogh *en*

*présence* de l'artiste j'aurais été très épaté, et encore plus si cette expo s'était tenue dans le quartier de Gerland, à Lyon, à quelques encablures de fiacre de Sainte-Foy-lès-Lyon. « Quoi, grand-papy, Vincent Van Gogh en personne a fait une expo à quelques encablures de fiacre de Sainte-Foy-lès-Lyon ? Et tu y étais ? Woaw ! Le bol ! Et il t'a signé un autographe ? »

Une douzaine de cars de C.R.S. ceinture les abords du Palais des Sports. On craint une émeute. Les fans des Stones, dont je suis, font peur. Je fronce les sourcils et bombe le torse en passant devant les flics, tout fier d'appartenir à cette communauté chevelue qui s'engouffre lentement à l'intérieur de la salle. Tous les shows des Stones se terminent par *Street Fighting Man*, ce qui peut exciter les plus farouches d'entre nous. Qui sait s'il ne va pas y avoir du baston à la sortie... Le 9 juin 1976, si ça se trouve, va devenir la date à laquelle on situera le début de la deuxième Révolution française... Destruction intégrale du Palais des Sports de Gerland, deux morts chez les manifestants, des centaines d'arrestations dont celle du guitariste Keith Richards (rallié aux insurgés) et de Milan Dargent... Le mouvement s'étend dans tout le pays... On signale de nombreuses attaques de Palais des Sports... Celui de Saint-Ouen, tout proche de la capitale, vient de tomber aux mains des rebelles... Des milliers d'anarchistes manifestent dans les rues des grandes villes, brandissant des exemplaires de *Black And Blue* et des photos de Milan Dargent, le *nouveau* héros de la jeunesse en lutte. Partout le peuple scande le même mot d'ordre : *Every day I need another dose ! I can't stand it when the music stops !* Le secrétaire général des Nations unies demande l'arrêt des hostilités tandis que Sa Sainteté le pape exhorte les jeunes Français à retrouver le chemin de la sagesse...

Je tends en tremblant mon billet au caissier. Tu parles que j'ai déjà ma place ! Voilà un mois que je l'ai mise sous verre et accrochée en face de mon lit. Je l'ai tellement lue que je peux la réciter par cœur : KCP KOSKI / CAUCHOIX PRODUCTIONS ET TELEMUSE PRÉSENTENT **LES ROLLINGS STONES.** PALAIS DES SPORTS / LYON MERCREDI 9 JUIN 1976 / 21 HEURES. OUVERTURE DES PORTES 20 HEURES. **40 F.** N° 001055 *Timbres, T.V.A. incluse. Droits de location en sus.* Il est vingt heures trente. Le compte à rebours a commencé, nous ne sommes plus qu'à trente minutes du décollage. Je rêve. Je crois que je rêve. Comme dans un rêve je traverse le hall, monte quelques marches, pousse une porte, longe le couloir d'un long tunnel, pousse une nouvelle porte, puis encore une autre et soudain c'est comme si le soleil sortait de sa boîte en pleine nuit... L'immense nef, toute ronde, est inondée de lumière, une lumière de néon, blanche, intense et crue. Stupéfaction. Émerveillement. Pied. Pied total. Tant de beauté me chamboule. Au dernier balcon, tout là-haut, des baies vitrées laissent voir les nuages et le jour baissant, tandis qu'au plafond une myriade d'ampoules électriques fait office de voûte céleste. Le parterre est déjà noir de monde, et dans les gradins, plus clairsemés, on va et vient dans tous les sens. Comme il fait bon sous cette vaste cloche lumineuse ! C'est ici que je voudrais construire ma maison, bien à l'abri sous le plafond du Palais des Sports. Évidemment, les soirs où il y aurait des matchs de basket je serais un peu dérangé par les coups de ballon sur le toit mais le reste du temps quelle belle vie ! Je pourrais voir les Rolling Stones de ma fenêtre à chaque fois qu'ils passeraient à Lyon. Ils ont déjà joué ici en 1970, avec Mick Taylor à la guitare. Dire que j'ai raté ça ! Trop jeune. Mes parents m'ont fait trop tard.

J'aime autant ne pas m'attarder sur le sujet, très douloureux pour moi — aujourd'hui, j'ai quinze ans et je n'en perdrai pas une miette, je suis paré, prêt à vivre la plus belle soirée de ma vie...

Toute cette foule ! Toute cette foule venue des quatre coins du département partager les Stones avec moi... C'est chouette et en même temps je trouve ça bizarre de partager les Stones avec cette foule. Il y en a qui n'ont pas du tout la tête de l'emploi, des gens qu'on imaginerait mieux à un concert de Nicolas Peyrac. Une chose est certaine, c'est plein de belles femmes. Dommage que Contet soit porté disparu, il aurait enfin pu faire une touche — comme moi avec cette blondinette qui a tout l'air de m'avoir repéré. Elle est pas mal. Pas mal. Plutôt jolie dans son genre, tout compte fait. Le genre blondinette, blondinette jolie. Le genre blondinette d'autant plus jolie qu'elle semble s'intéresser à ma personne. Mon tee-shirt *Harvest* peut-être ? Ou bien a-t-elle deviné (l'instinct féminin) que je suis un vrai fan, un puits de science rollingstonien. J'en aurais des choses à t'apprendre, petite. Figure-toi que *December's Children* n'est disponible qu'en import U.S. Eh oui. Le croiras-tu, mais Bill Wyman s'appelle William Perks, en vrai. Eh oui. Je lui lance un coup d'œil qui feint finement d'être involontaire, style mes yeux passaient par là, et pour la première fois nos regards se rencontrent. Contrairement à mes prévisions, c'est moi qui le premier détourne la tête. Bon, j'avais l'intention de faire un tour afin de prendre le pouls du public et éventuellement de trouver une place assise dans les gradins mais en définitive je pense que je vais rester ici, debout. Je suis un peu loin de la scène mais j'ai l'avantage d'être grand, contrairement à ma blondinette qui risque de ne pas voir grand-chose du haut de ses trois pommes. J'espère qu'elle ne va pas vouloir grimper sur mes épaules. Ce ne serait peut-être pas désagréable de la sentir sur mes épaules mais je ne sais pas si Mick apprécierait. Je le vois déjà interrompre *Honky Tonk Women*, exaspéré : « *Please, brothers and sisters, keep cool.* SIT DOWN PLEASE. *Sit down and let everybody see the show... Thanks.* » Et les gens derrière moi : « A-SSIS ! A-SSIS ! » Mon premier concert des Stones gâché à cause d'une petite allumeuse ! Et Mick, en coulisse : « Que je ne revoie jamais ce mec à un de mes shows, compris ? » OUUUUUAAAIIIIIS !

Ils ont mis de la musique, et du coup le public s'excite. Il y en a qui tapent du pied, d'autres qui applaudissent, d'autres qui hurlent ; je constate avec effroi, vu que je n'en ai jamais été capable, que quatre-vingt-dix pour cent de l'assistance sait siffler avec ses doigts. Ma blondinette fait partie du lot, et pas qu'un peu ! Elle s'en donne à cœur joie, ses sifflements sont aussi stridents que ceux d'une locomotive à vapeur. Cette fille est une exaltée, je pense ; non contente d'avoir cassé les oreilles à tous ses voisins de concert, la voilà qui lève le poing en poussant un « YOUU-OUUU ! » des plus sauvages. Pour ne pas être en reste, je l'imite en levant à mon tour le poing et en criant de toutes mes forces : « WE WANT STONES ! ». Cette fois, j'en suis sûr, Kim m'a remarqué, et elle n'est pas la seule car mon slogan a été lancé avec un temps de retard, alors que tout le monde autour de moi avait cessé de crier. J'entends ma voix qui répète machinalement « we want Stones... », mais bien plus discrètement, comme si je marmonnais tout seul dans ma barbe. C'est certain, Kim m'a remarqué. Je sais qu'elle s'appelle Kim parce qu'un mec lui a demandé si elle avait une clope. Kim en avait une et le mec s'en est servi pour faire un pétard. Kim a eu le droit, en échange, de tirer sur le pétard. Moi, j'ai piqué un paquet de Dunhill à ma mère et je fume clope sur clope. Kim doit penser dis donc quel homme. Ouais Kim, O.K., je fume trop c'est vrai, mais je suis encore loin des soixante cigarettes quotidiennes de Brian Jones. Cela dit, on voit où ça l'a mené, Brian Jones ; il a touché le fond, c'est le cas de le dire. En plus des cigarettes, il se roulait aussi un certain nombre de pètes mastoc, et... OUUUUUAAAIIIIIS !

Les lumières se sont éteintes, ce qui a aussitôt provoqué un véritable raz de marée humain, affluant à toute allure vers la scène. Pris dans la cohue, je suis ballotté de droite à gauche, au gré de puissants courants contraires. Et tout ça dans les hurlements, le délire général ; c'est à se demander comment le Palais des Sports a pu résister au cataclysme et ne pas s'effondrer sur ses bases. J'ai dû avancer de plus de trente mètres en trois minutes, désolé d'avoir perdu Kim et mon paquet de Dunhill en cours de route. Les projecteurs éclairent la scène en vert, et on nous annonce The Meters, from United States. Les gens sont un peu déçus, du coup l'ambiance retombe. Les Meters font de leur mieux, mais ils n'ont pas le jeu facile, dès qu'ils finissent un morceau tout le monde espère que ce sera le dernier. Dire que je rêvais de faire la première partie des Stones ! *And now... The Steaks Hachés, from Sainte-Foy !* On aurait attaqué par *Crazy Mama*, suivi de *Melody*, suivi de... « Tu veux ? » me fait une voix tandis que je vois une cigarette conique s'approcher de mon visage. Kim me gratifie d'un large sourire. Tu parles que je veux. Contet en serait malade, me dis-je en tirant à fond sur le joint. Je rêve. Je crois que je rêve. Une jolie blondinette nommée Kim m'offre un joint à un concert des Stones. Je crois savoir qu'*Angie* figure au répertoire de la tournée. J'ai quinze ans et je sais déjà qu'un jour je serai célèbre. Que demande le peuple ? La vie est plus belle qu'on ne pense, parfois. Les Meters attaquent un morceau funky qui commence à dégourdir les pattes des premiers rangs. Ça swingue, Kim se trémousse de façon assez sexy. Elle ondule. Je n'avais jamais vu ça ; son corps entier semble traversé par une succession de vagues régulières, comme un champ de blé caressé par le vent. Sous des applaudissements polis les Meters quittent la scène, sans que cela n'affecte en rien les ondulations de Kim. Il n'y a plus de musique, on a rallumé le plafond du Palais des Sports et Kim ondule encore. « Moi quand j'ondule, j'ondule. Musique ou pas. ET PERSONNE NE M'EMPÊCHERA D'ONDULER QUAND J'AI ENVIE D'ONDULER. Point. » Moi je ne sais pas si j'ondule mais en tout cas j'ai le tournis. Kim n'a pas le même fournisseur que Hans, c'est sûr. Rien à voir, mais alors rien. Beaucoup plus fort le truc, beaucoup plus fort. « Moi c'est Kim et toi ? » Elle parle sans cesser d'onduler, en rajoutant à mon tournis. « Moi c'est Milan et toi ? » « Moi c'est Kim. » « Moi c'est Milan. » Bien, je crois qu'on s'est suffisamment présentés maintenant. Toutefois, mieux vaut insister au cas où elle aurait mal compris : « Milan, comme la ville. » « Moi c'est Kim. Je suis danoise. » Je suis danoise. Ces trois mots résonnent bizarrement à mes oreilles. Je suis danoise je suis danoise. JE. SUIS. DA. NOISE. Il y a comme un malaise, j'ai l'impression que cette fille se fiche de moi. J'ai presque envie de la toucher pour savoir si elle existe — on n'ondule pas de la sorte et on n'est pas danoise quand on est un être humain normal. Peut-être ai-je inventé cette fille, me dis-je tout en la regardant me regarder. En même temps le joint qu'elle m'a offert

145

je l'ai fumé pour de vrai. Ça ne colle pas. « On se connaît (?) » me dit-elle, sans que je puisse savoir si elle a bien conclu sa phrase par un point d'interrogation. « On se connaît ? », dis-je à mon tour pour en avoir le cœur net. « Moi c'est Kim. » répète-t-elle encore une fois. D'accord. Elle c'est Kim et moi c'est Milan. Moi Milan, toi Kim. Kim, Milan. Milan, Kim. Je veux bien qu'elle soit danoise mais elle aurait pu apprendre deux ou trois mots de français supplémentaires. Elle est peut-être un peu dingue après tout, ou légèrement innocente. Je me penche vers elle et articule lentement : « Tu jouais pas dans un dessin animé, par hasard ? » En guise de réponse elle ouvre de grands yeux, dévoilant ainsi un léger strabisme divergent qui m'empêche de fixer longtemps mon regard sur le sien. J'ai le tournis. Je baisse les yeux, écœuré. « Il nous faudrait de l'eau » fait Kim qui laisse pendre sa langue à la manière d'un bouledogue assoiffé. « Kim, tu me dis quelque chose. » Ses dents sont très blanches et sa langue très rose. « Quoi ? » fait-elle avant de disparaître dans le noir.

Tout à coup, les lumières se sont de nouveau éteintes, et un cri douloureux s'est élevé dans la nuit. Douze mille loups qui hurlent à la mort au même moment, ça fout les jetons. Mon Dieu, que fais-je ici ? Maman, j'ai peur. Je suis un petit garçon, quinze ans de vie seulement. Un gamin qui n'a jamais touché un nichon ! Jamais roulé un patin !... Songez que je n'ai même pas le droit de vote ! Maman avait raison de ne pas vouloir me laisser partir aux Rolling Stones. J'aurais dû amener une bouée de sauvetage, car je sens que je vais être le premier noyé à un concert de rock. Il y a comme un microclimat de type tropical dans le Palais des Sports, les raz de marée et les ouragans se succèdent sans répit. J'ai pris mes habitudes maintenant, je me laisse porter comme un petit bouchon sur les flots pour finalement échouer côté gauche de la scène, près d'un gros lard en tee-shirt *Fruit Of The Loom* à qui je n'ai rien demandé mais qui me donne une canette de Coca. Le Coca est chaud et je crois bien qu'il y a de la cendre dans la canette. Merci. Je m'appelle Milan. Je ne suis pas danoise. J'ai perdu mon paquet de Dunhill. Au loin (car j'ai dû reculer de plus de trente mètres en moins de trois minutes) je distingue des petits bonshommes qui tripatouillent les amplis sous un concert de sifflets. Les gens sont méchants de siffler ces pauvres roadies innocents, suis-je en train de penser quand soudain, tout chavire ; je sens le sol qui se dérobe sous mes pieds et je m'écroule cependant qu'un immense éclair déchire l'obscurité. *You think we look pretty good together...*

*You think my shoes are made of leather...* C'est parti ! Le concert est commencé ! Le concert est commencé et je suis à terre, effondré, en proie à une intense lutte intérieure. J'ai envie de vomir mais je me retiens, car si je dois vomir le plus beau jour de ma vie, à quoi vont ressembler les autres jours ? Avec ça, le concert est commencé. Basse, batterie, guitare électrique... il s'agit bien d'un concert de rock. J'entends distinctement mais il m'est impossible de me relever afin de voir ce qui se passe sur scène ; ce que je vois, hormis une forêt de jambes, c'est une multitude multicolore de figures géométriques dans le genre Vasarely, qui vont toutes s'engloutir à une vitesse vertigineuse dans une sorte de siphon du bout du monde, situé pile au centre de mon champ visuel... *But I'm a substitute for another guy / I look pretty tall but my heels are high...* Tout en observant impuissant la ruée vers le siphon du bout du monde je reprends machinalement avec le groupe :

*Substitute*
*Your lies for fact*
*I can see*
*Through your plastic mac*
*Subs...* LES WHO !

LES WHO ! ILS ONT MIS LES WHO À LA PLACE DES STONES ! Putain, mais qui nous a joué ce tour ? M'autorisant enfin à reprendre mes esprits, les petites figures géométriques multicolores interrompent leur fuite en avant. Les Who à la place des Stones. Est-ce croyable ? ILS ONT MIS LES WHO À LA PLACE DES STONES ! Impossible de me relever. J'ai beau puiser dans mes dernières réserves, il y a comme du chewing-gum en moi, surtout au niveau des muscles... Je suis tout mou et pourtant il faut absolument que je tire la sonnette d'alarme, les gens n'y voient que du feu mais ils sont en train de se tromper de *greatest rock and roll band in the world*. Kim est tombée en plein dans le panneau, je la remarque tout là-bas qui prend son pied, en transe totale. Elle remue les hanches, le cul, se passe lascivement les mains sur le corps puis d'un seul coup rejette la tête en arrière, ouvre les bras en croix et se cambre, se cambre jusqu'à ce que ses cheveux touchent ses reins.

149

Avec ses yeux révulsés et sa bouche grande ouverte, on dirait un cadavre. Je m'en doutais, remarquez, que cette fille était dingue. À ses pieds, j'aperçois un petit paquet rouge qui pourrait bien contenir mes Dunhill perdues. J'entreprends de ramper, décidé à en fumer une et à secourir ma petite Kim possédée par le démon. On sait que les Who ont toujours aimé faire du bruit mais là ils dépassent les bornes, à croire que Pete Townshend ne joue pas de la guitare mais de la tronçonneuse... La musique est parvenue à se creuser un passage à travers mes tympans, je la sens qui monte, qui court, qui se rue vers mon cerveau... La pression est telle que je redoute une pure et simple explosion de ma boîte crânienne. L'angoisse commence à me serrer le cœur. *À notre ami Milan, qui mourut le plus beau jour de sa vie d'une explosion de la tête.* Pour couronner le tout, les petites figures géométriques multicolores recommencent à danser entre mes yeux... Je rampe à la vitesse d'une limace, n'essayant même plus d'éviter les mégots et les flaques de bière. Je suis une limace. Je colle et je bave. Quelle misère ! Il ne me sera pas laissé de répit, je devrai boire le calice du flip jusqu'à la lie... Dans le 29 au moins il y a un signal d'alarme, le chauffeur

150

voit un clignotant qui fait tûûût tûûût et hop il met un coup de frein. Que ne suis-je dans mon cher petit bus ? Chauffeur, tire-moi de là, ils ont remplacé les Stones par les Who ! Si, je te jure ! Les Who ! *N'appuyez sur le bouton qu'en cas d'urgence, tout abus sera puni.* Je m'en fous.          J'abuse.
J'appuie.

BONUS TRACK

*Music makes you forget all your troubles*
*Makes you kiss and makes you tell the whole wide world*

MICK JAGGER/
KEITH RICHARDS
(*Hot Stuff*)


Le bout de mon doigt commence à rougir à force d'enfoncer le bouton de l'interphone. Persuadé qu'on m'a posé un lapin, je répète pour la dernière fois « Y a quelqu'un ? » quand une voix de femme se fait enfin entendre : « Qui c'est ? » Je m'exclame : « Milan ! » Silence de l'autre côté. « MILAN DARGENT ». Silence toujours. Agacé, je lève les yeux au ciel et constate qu'un type armé me fixe du haut d'un mirador. Grésillements dans l'interphone. Je reprends posément : « Milan Dargent. Je viens interviewer Mick. » « Entrez » fait la voix. J'ai envie de grogner un « pas trop tôt » bien envoyé mais je me retiens en pensant au type du mirador. La grille s'ouvre automatiquement, avec un long grincement. Il faudrait graisser un peu les gonds, me dis-je. Une longue allée bordée de chênes mène jusqu'au château. Je prends mon souffle, mon courage à deux mains et commence à avancer, entendant à chacun de mes pas le crissement du gravier... En vérité, malgré mon bonheur j'ai comme une appréhension. Cette fois c'est du sérieux, finie la rigolade. Je vais entrer dans le saint des saints, le château de la Fourchette, résidence secondaire du chanteur des Rolling Stones.

Il fait très beau, c'est pourquoi je me suis habillé décontract. Une salopette, une chemise, et des sabots. Quand il fait beau les gens s'habillent décontract, c'est normal. On enfile une salopette à carreaux style patchwork, une large chemise blanche à col Mao, on met ses pieds nus dans une paire de sabots et le tour est joué ! Pas de chichis quand il fait beau. Pas de chichis. Le flash.

Soudain, l'aveuglant flash... Alors que j'approche inexorablement du château la terrible réalité me saute aux yeux et m'oblige à m'arrêter tout net : je vais interviewer Mick Jagger EN SALOPETTE !... Avec des SABOTS AUX PIEDS !... SANS CHAUSSETTES !... Mais bon sang qu'est-ce qui a bien pu me passer par la tête ? Qu'est-ce que je fous en putain de salopette, les salopettes ne sont plus *du tout* à la mode en cette fin de vingtième siècle — et ne parlons pas des sabots ! Est-ce qu'on met des salopettes quand on approche de la quarantaine et qu'on a perdu les trois quarts de ses cheveux ?... J'imagine tout à fait Mick : « What is it ? Virez-moi ce pignouf ! » Il va penser qu'un ancien du Big Bazar vient lui demander du boulot !... Au moment où, pris de panique, je me retourne pour rebrousser chemin voilà qu'un énorme chien-loup venu de nulle part bondit dans ma direction. J'hésite une demi-seconde mais le molosse galope vers moi ventre à terre, il ne me reste donc pas d'autre choix que de détaler en direction du château... De mieux en mieux. Je vais me pointer chez Mick Jagger en salopette poursuivi par un chien-loup. Arrivé devant le perron du château, alors que le museau du clebs est quasiment à la hauteur de mon postérieur, j'entends tonner : « Tarzan ! Couché ! » Tarzan obtempère sur-le-champ, sans moufter. On sait se faire obéir chez les Jagger. La voix

157

qui m'a sauvé la vie se révèle avoir le visage d'une superbe vahiné, qui observe avec amusement la scène du haut du perron. « N'ayez pas peur, il ne va pas vous manger. » « Sans doute voulait-il simplement me mordre » dis-je sans provoquer le sourire que j'attendais.

Vêtue d'un simple pagne, cette fille est une absolue splendeur. Elle me plaît. Sa peau a la couleur du pain d'épice. « Suivez-moi, dit-elle. » Je ne me fais pas prier. C'est un plaisir de lui emboîter le pas pour enfin pénétrer dans le luxueux castel de la star des stars du rock'n'roll... Quelle aventure, les amis ! Je marche dans la demeure de l'auteur de *Love Is Strong*, précédé par une absolue splendeur couleur pain d'épice. Finie la rigolade. Cette fois, c'est du sérieux. Après avoir traversé de longs couloirs tapissés de Renoir et de posters hyper rares des Stones, la vahiné m'introduit dans une vaste cuisine décorée à la mode rustique. « Miam miam, fais-je en me pinçant les narines tellement ça pue, ça sent bon la bonne sousoupe. » Dans une énorme marmite en cuivre mijote une soupe rougeâtre où surnage, parmi les oignons et les carottes, une tête de bouc, yeux grands ouverts. Assez peu sensible à mes bonnes manières, la vahiné ouvre une porte donnant sur l'extérieur et tend l'index vers l'horizon. « Il est au barbecue. Après le potager, vous passez le minigolf et c'est à droite. » La porte se referme et me voilà dehors, à la recherche du barbecue de Mick Jagger. Chemin faisant, je me demande pourquoi je n'ai jamais eu de succès avec les vahinés. Je me demande aussi si ce n'est pas Keith Richards qui a écrit *Love Is Strong...* Après tout, je n'aurai qu'à poser la question à Mick...

À côté du barbecue où cuisent de grosses gambas, un homme boit un verre, assis sur une chaise longue. Une bouteille de pastis et un seau à glace sont posés au pied de la chaise longue. Mick. Mick Jagger. Pantalon bouffant et chemise à grand col pointu, genre disco. Ça doit être lui... Ça ne peut être que lui, même si j'ai un peu de mal à le reconnaître car je suis soudain pris d'une sorte de vertige. En face de moi, un demi-dieu sirote un pastaga. J'en suis tout baba. Pétrifié, je reste planté là avec l'impression que comme dans les bandes dessinées un petit tourbillon flotte au-dessus de ma tête, signifiant ma dinguerie. Un air me trotte dans la tête. *Titatitata... Titatitata... Titati... Titatitata...* Sûrement une chanson des Stones mais impossible de me rappeler laquelle. Il faut que je trouve quelque chose à dire, je ne peux pas continuer plus longtemps à regarder le chanteur des Rolling Stones en chien de faïence sans dire le moindre mot. *TIIITA... TITATA* !... Putain, je l'ai sur le bout de la langue ! Voyant que le mec qui m'a tout l'air d'être Mick Jagger sans vraiment lui ressembler fait mine de se lever, je sors soudain de ma torpeur et crie machinalement : « *SWEET THING* ! » Ça y est, j'ai trouvé ! Le mec écarquille les yeux, tel un Mick Jagger mimant le *Midnight Rambler* sur la scène du Madison Square Garden, mais je ne lui laisse pas le temps d'appeler Tarzan à la rescousse : « *Hello, I am Milan Dargent, one of your greatest fans in the world.* » Ouf. C'est dit. Il sait qui je suis, maintenant.

« Vous voulez boire quelque chose ? » Voilà comment devrait débuter l'interview, idéalement. Par un pastis bien tassé offert par Mick Jagger. Pas de chance, le Mick que j'ai en face de moi ne me propose que couic. J'ai un vague espoir en le voyant se lever, mais le bougre enjambe la bouteille de pastis, manquant la renverser au passage, et va droit au barbecue pour retourner les gambas avec une

160

fourchette... Pas de doute, c'est lui : il n'y a qu'un Mick Jagger qui puisse dompter les gambas avec une telle grâce. « Vous savez que Vince Taylor a vu Dieu en faisant cuire des côtelettes de porc au barbecue ? » dis-je tout à trac, vivant moi-même en ce moment précis la situation la plus vincetaylorienne de mon existence. Non, il ne doit pas savoir. Ou alors il s'en fout. Après avoir retourné une dernière gamba il va tranquillement se rasseoir dans la chaise longue. Son regard rencontre le mien, pour la première fois. Je rougis. « Vous n'avez pas de magnétophone ? » semble-t-il penser. Non. Je n'ai pas de magnétophone. Je suis en salopette, en sabots, et je n'ai pas de magnétophone. Voilà. C'est comme ça.

Pas facile, en fait, le métier d'interviewer. Il faut du bagou. J'aurais peut-être dû préparer quelques questions. Mais allez choisir quelques questions parmi les trois millions qui vous encombrent la tête depuis des années — autant chercher une aiguille dans une meule de foin !... Et si par exemple je lui demandais comment il a trouvé l'intro de *Brown Sugar* ? « En grattant ma guitare », voilà ce qu'il répondrait à une question aussi con. Il a du répondant ce Mick Jagger, je l'ai constaté en lisant quelques centaines de ses interviews ; c'est pourquoi je trouve dommage qu'il ne s'exprime pas un peu plus en ma présence. Tu peux parler, Mick, ça restera entre nous, personne ne lira jamais cette interview, personne n'a jamais lu ce que je faisais de toute façon — même un journal comme *Best* n'a pas voulu de mes articles, et tous les livres que j'ai écrits ont été unanimement refusés par les éditeurs. « Désolé, repassez l'année prochaine. Désolé, nous avons déjà pris quelqu'un. Désolé, ce que vous faites ne correspond pas à notre ligne éditoriale. » Désolé. Désolé. Désolé. « Désolé, Mister Jagger, mais contrairement à ce qu'on pourrait croire, je ne suis pas toujours d'accord avec vous ; par exemple quand vous déclarez au journal *Rolling Stone* que *Between The Buttons* manquait un peu d'inspiration. »

Trahi par quelques battements de cils incontrôlés et un long reniflement, il semblerait que l'interviewé ait été piqué au vif par mon attaque. J'embraye : « J'ai un ami qui a boycotté *Flashpoint*, votre live de 1991, parce que vous n'y avez pas inclus de version de *2000*

*Light Years From Home*, dont il faut avouer que vous donniez une excellente version durant la tournée *Urban Jungle*. » Pas de réaction. Ah, si : un hochement de tête. J'ai gaffé, il n'était peut-être pas au courant de cette histoire de boycott. Très pro comme à mon habitude, je détends l'atmosphère : « Dites-moi, Mick, entre nous : pourquoi la chanson *I Don't Know Why*, enregistrée durant les sessions de *Let It Bleed*, ne figure pas sur l'album *Let It Bleed* ? À la place de *Country Honk*, par exemple, que vous auriez pu caser en face B de *Honky Tonk Women*. » Ça va mieux. Il ne répond toujours pas mais me fait un beau sourire avant de s'envoyer une grande lampée de pastis. Si ça continue je vais mourir de soif. Il aura l'air fin, Mick Jagger, quand je tomberai raide mort à ses pieds. Les tabloïds pourront se déchaîner : « BARBECUE TRAGIQUE AU CHÂTEAU DE LA FOURCHETTE : LE CHANTEUR DES ROLLING STONES SE SAOULE AU PASTIS ET LAISSE MOURIR DE SOIF MILAN DARGENT. » Je crois qu'il est temps de passer aux choses sérieuses. Ma dernière heure étant toute proche, autant vider mon sac. Je lâche le morceau : « Dites-moi, Mick, d'homme à homme : pourquoi n'est-on plus en 1976 ? »

Soudain ému, contrairement à mon interlo-
cuteur qui ne se décide toujours pas à tomber
le masque, je m'emballe : « Voilà... comment
t'expliquer... je trouve que les choses changent trop vite... si on était encore en 1976 on
pourrait se balader sans honte en salopette à
carreaux style patchwork, militer pour l'union
de la gauche et regretter que les Rolling
Stones aient perdu tout contact avec la rue... »
Je me tais un instant, l'air inspiré, puis reprends : « On aurait quinze ans, on vivrait
d'air pur et d'eau fraîche comme l'oiseau, et
on se branlerait comme des sauvages en reluquant des chattes écartées. »

1976. Ça ne nous rajeunit pas, au contraire.
Ça nous vieillit. Dans quelques années, les
gosses considéreront comme autant d'ancê-
tres les malheureux qui ont eu la mauvaise
idée de naître avant l'an 2000, en mille neuf
cent et quelque chose. Je me sens soudain très
vieux, beaucoup plus vieux que Mick Jagger
qui a pourtant dépassé les cinquante-cinq ans.
Il faut dire la vérité : j'ai bientôt quarante ans
et je ne suis toujours pas un Rolling Stone.
Je crois qu'on ne me proposera jamais un
million de dollars pour que je rédige mes
Mémoires. *Milan Dargent. A rock'n'roll life.*

Ma vie n'a pas été aussi stonienne que prévue. À vingt-cinq ans je n'écrivais pas *Sympathy For The Devil*, je livrais des fromages blancs en faisselle dans les supérettes Casino ; à vingt-huit ans je ne me mariais pas à Saint-Tropez avec une ex d'Eddie Barclay, je courtisais sans succès une standardiste de FR3 Rhône-Alpes ; à trente-cinq ans je ne me mettais pas la critique dans la poche en sortant *Some Girls*, l'album du renouveau, je rachetais ce même album pour la troisième fois, mais en version C.D. *20 bits technology*... Keith Richards a eu ce fameux adage : « À vingt ans, je ne pouvais même pas imaginer qu'un jour j'en aurais trente. » Ouais. Je vois très bien ce que tu as voulu dire, Keith. Dans le sens inverse, à presque quarante ans on peut difficilement admettre que près de vingt années ont passé depuis le 9 juin 1976. Quelle angoisse ! Je sens que je vais pleurer. Je sens que je vais pleurer devant Mick Jagger. La gêne. « Mick, tu sais ce qui m'attend demain ? Je vais pointer au bureau et près de la machine à café un collègue va me serrer la main en me demandant "comment ça va ?" Et tu sais ce que je vais lui répondre à ce collègue ? Je vais lui répondre "comme un lundi", comme chaque lundi. » Le plus drôle, c'est que pas mal de mes collègues y croient encore ; ils croient encore que leur jour viendra. On est vachement nombreux, à attendre la célébrité. À attendre tout court. *I'm Waiting*, comme dit une vieille chanson des Stones. *I'm waiting/ Waiting for someone to come out of somewhere*. Patience, me disais-je quand j'avais quinze ans. Près de vingt ans de patience au jour d'aujourd'hui et toujours pas de place pour moi sur le podium. C'est triste, triste à pleurer.

Quelle classe, ce Mick ! Il pourrait remuer le couteau dans la plaie en me rassurant par des propos mielleux : « Oh, tu sais, Milan, être célèbre ne comporte pas que des avantages, on doit se taper des interviews débiles avec des clowns en salopette qui chialent pour un rien. » Non, l'humble légende vivante tient à ce que l'interview continue dans la dignité et le respect de la personne humaine. Il m'épargne en gardant le silence. Il en faut beaucoup pour émouvoir Mick Jagger, il est blindé ; à la question « quand avez-vous pleuré pour la dernière fois ? » que lui posait récemment un journaliste, il a répondu : « Ce matin, quand mes toasts ont brûlé. » Quelle pudeur, ce Mick ! Pas question d'entrer dans le fond des choses avec lui, jamais il ne vous dira ce qu'il a sur le cœur... À propos de brûlé, je constate qu'il y a de plus en plus de fumée dans les parages et que je commence à voir tout trouble. Il serait grand temps de retirer les gambas du feu si on ne veut pas qu'il leur arrive la même mésaventure qu'aux toasts. J'ai les yeux qui piquent et ne distingue plus que les contours du visage de mon Mick tellement la fumée est épaisse. Quelle pudeur, quelle putain de pudeur, ce Mick ! Voilà qu'il se cache derrière un écran de fumée, comme s'il n'y avait pas assez de distance entre nous... Je m'approche un peu afin de voir s'il est toujours là quand soudain une fourchette surgit à hauteur de mon visage. Fourchette sur laquelle est empalée une gamba carbonisée. Le crustacé a une tronche inquiétante, dans la fumée blanche du barbecue elle prend une allure maléfique, on dirait qu'elle a l'œil jaune, une barbiche et des cornes. J'aurais préféré un verre de pastis mais j'accepte quand même l'honneur et croque la bête à pleines dents.

Cette gamba a un drôle de goût. Un goût de soufre, et de piment oiseau. « Ben dis donc, tu n'y vas pas de main morte question piment » dis-je à la silhouette évanescente qui se dandine devant moi. La fumée est partout.

C'est comme un gros brouillard, quand on ne distingue même plus les phares des autos. J'ai l'impression d'être à l'intérieur d'un cumulo-nimbus. De manger une gamba dans un cumulo-nimbus en compagnie du fantôme de Mick Jagger. Une gamba n'est rien d'autre qu'une grosse crevette, en fait, que l'on pêche en eau profonde ; jusqu'à présent personne n'a constaté qu'elle possédait des pouvoirs magiques. C'est sans doute moi qui me monte la tête avec ces histoires de gambas et de pacte diabolique. Oui, de pacte diabolique. Tout bonnement. *Sympathy For The Devil*, ça ne vous dit rien ? Et *Dancing With Mister D* ? J'ai bien dit *mister D*... Et *Voodoo Lounge* ? Et tout le reste ? La mort mystérieuse de Brian Jones ? Le meurtre rituel d'Altamont ?... Tout ça ! Tous ces trucs ! Cette malédiction du rock'n'roll ! *Paul is dead* passé à l'envers ! *daed si luaP* ! et ce même Paul Mc Cartney qui traverse Abbey Road PIEDS NUS ! et Dennis Wilson, le Beach Boy mort NOYÉ ! et Elvis, apparaissant dans un fast-food réincarné en SOSIE DE LUI-MÊME ! Et Milan Dargent terrassé par une GROSSE CREVETTE ! C'est tout simplement INQUIÉTANT. Il faudra bien un jour regarder la vérité en face car TOUT CONCORDE TOUT

NOUS MÈNE AU PACTE DIABOLIQUE. Les initiés connaissent tous cette histoire. Un initié leur a raconté pour qu'à leur tour ils la racontent à d'autres initiés. Sais-tu, fils de pute, que Keith Richards se fait changer le sang chaque année dans une clinique de Montreux ? Sais-tu, gredin, que Brian Jones était un excellent nageur ? Sais-tu, patate pourrie, qu'en échange d'un peu de pub dans leurs chansons Lucifer a promis aux Rolling Stones une carrière plus longue que celle de Jésus-Christ ?... Ainsi se répandit de montagne en montagne, au son du bêlement des troupeaux de bouquetins et à l'ombre des oliviers millénaires, la légende du pacte diabolique des Rolling Stones. Elle connaît cette légende, la fille, la jolie jeunesse blonde qui me prend la main et m'entraîne là ou je ne veux pas aller, là où se trouve l'escalier en colimaçon.

Je ne peux pas résister. On ne résiste pas à une fille qui primo connaît la légende du pacte diabolique des Rolling Stones et secundo use du déhanchement le plus sexy possible pour vous entraîner là où vous ne voulez pas aller. Elle a lâché ma main mais je la suis, je descends avec elle l'escalier en colimaçon. Mick, où es-tu ? Mick, mon petit Mickey, pourquoi m'as-tu abandonné ? J'ai oublié de te suggérer deux trois trucs pour tes prochaines tournées, toi qui aimes que le public en ait pour son argent : les Rolling Stones arriveraient sur scène en parachute tout en jouant *Parachute Woman* avec des guitares et des micros sans fil, à la fin du show il y aurait de la neige artificielle qui tomberait du ciel et alors comme par magie apparaîtraient une paille et une seringue géantes et tu attraperais la paille et tu ferais semblant de sniffer la neige tandis que Keith jouerait à se piquer le bras avec la seringue géante. Tout cela provoquerait la liesse générale. On entendrait des OUAIIIS OUAIIIS retentissants. Le concert pourrait se terminer par l'arrivée de la police montée canadienne envahissant la scène et embarquant le groupe. Le public hurlerait son indignation et vous reviendriez pour un rappel inattendu genre *Jumpin' Jack Flash*. OUUUUUAAAAAIIIIIIIIIIS. Mick, j'ai oublié de te dire que je n'ose même pas imaginer le jour où on m'apprendra ta mort.

Tout en bas de l'escalier se trouve un parking et au loin, bien au-delà de ce parking, une forêt menaçante, hérissée d'arbres monstrueux. Je ne sais pas ce qu'il y a mais il y a quelque chose. De louche. De pourri plutôt. Nous sommes en plein dedans, c'est à craindre : en plein royaume du Danemark. La fille n'a pas froid aux yeux, ni ailleurs. « Viens » me dit-elle. Dans un recoin du parking, les Rolling Stones répètent. Postés près d'un vieux bus rouge aux pneus crevés, aux vitres cassées et à la carcasse couverte de graffitis, ils se défoncent sur *Hand Of Fate*. C'est d'une telle beauté que j'en ai la chair de poule. Je tombe à genoux. Je me prosterne. *The hand of fate is on me now*. Comme dans du beurre, dit l'expression. Je glisse entre deux mottes de beurre qui sentent fortement le pain d'épice. *Wish me luck I'm going to need it child*. La musique atteint la perfection, elle est sublime, céleste. Keith Richards a sa tête des bons jours, sa tête de chasseur de primes. Mick Jagger est comme fou furieux, il hurle. « Viens » me dit la fille dont je ne vois plus que la blondeur. J'obéis. J'arrive. Je viens et tout s'éteint. Les plombs ont pété, dirait-on. On n'y voit goutte. Mince alors. Les Rolling Stones ne jouent plus, sauf Charlie Watts qui continue de marteler le rythme de façon mécanique. *Bom bom bom bom*. Obsédant, comme bruit, on dirait de la techno hardcore. Il fait noir. Comme un lundi. La nuit serait complète si les étoiles ne fonctionnaient pas sur groupe électrogène ; sans elles, je crois que nous serions tous totalement perdus.

## DU MÊME AUTEUR

*Aux Éditions Le Dilettante*
SOUPE À LA TÊTE DE BOUC (Folio n° 3987)

*Aux Éditions Quintette*
GRABUGE, 1992

*Composition Nord Compo*
*Impression Liberduplex*
*à Barcelone, le 03 février 2004*
*Dépôt légal : février 2004*

ISBN 2-07-042793-5./Imprimé en Espagne.